小小说美文馆

走一回父亲走过的路

马国兴　吕双喜　主编

郑州大学出版社

图书在版编目(CIP)数据

走一回父亲走过的路／马国兴，吕双喜主编. — 郑州：郑州
大学出版社，2021. 1(2023.3 重印)
(小小说美文馆)
ISBN 978-7-5645-7552-6

Ⅰ. ①走… Ⅱ. ①马…②吕… Ⅲ. ①小小说 – 小说集 –
中国 – 当代 Ⅳ. ①I247.82

中国版本图书馆 CIP 数据核字(2021)第 002659 号

走一回父亲走过的路
ZOU YI HUI FUQIN ZOU GUO DE LU

策划编辑	郜　毅　吕双喜	封面设计	苏永生
责任编辑	胥丽光	版式设计	凌　青
责任校对	王晓鸽	责任监制	凌　青　李瑞卿

出版发行	郑州大学出版社有限公司	地　　址	郑州市大学路 40 号(450052)
出 版 人	孙保营	网　　址	http://www. zzup. cn
经　　销	全国新华书店	发行电话	0371-66966070
印　　刷	三河市鑫鑫科达彩色印刷包装有限公司		
开　　本	710 mm×1 010 mm　1 / 16		
印　　张	10	字　　数	149 千字
版　　次	2021 年 1 月第 1 版	印　　次	2023 年 3 月第 3 次印刷
书　　号	ISBN 978-7-5645-7552-6	定　　价	35.00 元

本书如有印装质量问题，请与本社联系调换。

编委名单

序

任晓燕

"小小说美文馆"丛书这项出版工程，推举小小说作家，推出小小说作品，推广小小说文体，为进一步推动全民阅读工作常态化、规范化，提升国民素质和社会文明程度，共同建设书香社会，做出了应有的贡献。

纵观我国现代文学史，每一种文体的兴盛都有其复杂的社会文化背景。其中，传媒载体是一个不容忽视的重要条件。如大型文学期刊之于中、短篇小说，报纸文化副刊之于散文、随笔。现代社会，传媒往往引导着阅读的时尚。

当代中国的小小说，也是如此。

仅仅在三十多年前，小小说对于读者来说，还是一个较为陌生的概念。在称谓上也五花八门，诸如微型小说、一分钟小说、超短篇小说、袖珍小说、千字小说、快餐小说、迷你小说等。当时，全国没有一家小小说专业报刊，小小说作品往往作为报刊的补白或点缀，难登大雅之堂。与之相对应，小小说创作大都属于散兵游勇式的业余创作，没有专门从事小小说创作的作家。而全国性的文学评奖，更是从来就没有小小说的一席之地。

在这种情况下，1982年10月，郑州小小说文化传媒有限公司的前身百花园杂志社，敢为天下先，在旗下的文学期刊《百花园》推出"小小说专号"，引起文学界的关注，受到读者的欢迎。此后，1985年1月，《小小说选刊》正式创刊；1990年1月，《百花园》改版为专发小小说的期刊。此外，百花园杂志社还多次举办小小说笔会、评奖等文学活动，先后创办小小说学会、函授学校等民间机构，不断推进小小说作家专集、作品选本等出版项目。

通过业界同仁多年不懈的努力，小小说已从点点泛绿到蔚然成林，以独立的姿态屹立于中国当代文坛，跻身"小说四大家族"，并进入鲁迅文学奖评选序列，在全国各地拥有逾千人的较为稳定的创作队伍，成为广大读者喜闻乐见的文体。

小小说是新兴的文体，又有着古老的渊源，在一定程度上，它与文学的起源密不可分：上古神话传说如《夸父逐日》《嫦娥奔月》《女娲补天》等，就具有小小说精炼、精美的叙事特征；春秋战国的诸子著述，不乏微型珍品；南朝刘义庆的《世说新语》，堪称我国最早出现的小小说集；宋代人编撰的《太平广记》，可谓自汉代至宋初野史小小说的集大成著作；清代蒲松龄的《聊斋志异》，创立古典小小说的高峰；现代鲁迅的《一件小事》等，开启白话小小说兴盛的序幕。

近几十年来，小小说之所以大行其道，是与其同现代生活节奏合拍密不可分的。从这个角度来说，小小说是一种最具有读者意识的文体。同时，小小说受到世人的普遍关注，根本原因在于展示出了宝贵的文学艺术价值。当代中国的小小说，继承了从古代神话到诸子寓言、从史传文学到笔记小说的叙事艺术传统，并与各种艺术形式的美学精神相通相融。比如对意象之美和境界之美的追求，就代表着中国文艺美学的主要传统，它是至高的，也是永恒的，也正是小小说艺术的自我要求。

文学创作的成功与否，不能以篇幅长短而论，最终还是看思想艺术上的成就。诸多优秀小小说作品，言近旨远，微言大义，给读者留下了难以磨灭的印象，其艺术含量和思想容量丝毫不逊于中、短篇小说。所以，小小说最能够、也最便于在读者心灵上打下烙印，原因就在于它的精炼和集中，常常呈现给读者引人入胜或发人深思的典型事件，性格鲜明的典型人物。小小说还是"留白的艺术"，把最大的想象空间留给读者，去回味、创造和补充。小小说对语言的要求很高，诗歌创作中的炼字炼意，对于小小说同样适用。

当代中国的小小说已形成气候，成为一种广阔的文学景观。今日，小小说已步入创作成熟期，以特有的艺术魅力丰富着我们的精神生活，也必将在文学史上留下自己的位置。在此，作为一位"小小说人"，我期望小小说作家像苍穹中的繁星那样，闪烁出五彩缤纷的个性之光。

（任晓燕，郑州小小说文化传媒有限公司董事长，《百花园》《小小说选刊》总编辑。）

目录

1

念 梅

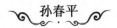

孙春平

　　出租车到了营盘村村口,洪玫让司机停下,问:"这村子有个叫于心芳的,你可知道?"司机说:"不会是于老太太于老板吧? 足有八十来岁了。"洪玫的心怦然一动,说:"可不,大我整整十岁。咋,人不在了?"司机叹息,说:"可惜了,前年走的,那可是个大善人呀。于大姨活着时,我送客人到营盘,只要赶上饭点,尽管坐进她的职工食堂,管饱。"洪玫问:"她还当上老板了?"司机说:"您这都不知道呀? 念梅制衣公司呀! 方圆百里,赫赫有名。您要是找她,我就送您去她的厂子吧,就傍村东山根那一片。于大姨是不在了,可她的儿女在呀,闺女当董事长,儿子是总经理,托老妈的福,厂子红火着呢!"司机很热情,还要往前送,洪玫说:"我是这里的老知青,四十年没回来了,让我自己走走吧。"

　　洪玫是 1968 年插队的,现在的村庄哪还有昔日的模样? 路上相遇的人也概是陌然,兴许细聊起来,还会有人想起过去的人和事,那也得是花甲老人啦! 还是等见到小美和小满再说吧,毕竟自己没少带那两个孩子玩。细算算,小美和小满眼下也是五十来岁的人了。

　　洪玫进了厂区,四座大厂房,机器轰轰作响,不时有工人推着印着英文或阿拉伯文的包装箱出来。看厂子的规模,工人足有上千。洪玫进了办公

楼,见一门上有总经理的牌子,便推门进去。老板台后面坐着的那个中年人肯定就是小满了,模样还依稀可辨,两位客人正跟他讨论产品提前出货的问题。小满见又有人来,做手势请她先坐。那俩人总算走了,洪玫急上前,一把拉住小满的手,说:"屁蛋儿,我是你洪玫阿姨,认不出了吧?"小满凝目而望,眸子亮了亮,但转瞬,他便淡淡地说:"这位大姨,是不是生活有什么困难?那就去办公室,专门有人负责这事。"洪玫急切地说:"小满,你再想想,四十年前,我住在你家,晚上你妈搂你,我搂你姐,睡了好几年呢。我叫洪玫。"

小满仍是摇头。屁蛋儿是小满的小名,那年月,地瓜吃得多,小满爱放屁,还顽皮地故意张扬,洪玫喊他屁蛋儿,他也乐得接受。忘了,都忘了,忘了也正常。说话间,一位中年女子推门进来,对小满说:"雨林公司那批货,他们再加多少钱,咱们也不能答应盗用商标,砸牌子的事千万不能干。"洪玫急又上前拉女子的手,说:"你是美丫!我是你洪梅阿姨呀!"小美怔了怔,说:"您真是住在我家的洪阿姨?"洪玫忙点头:"你还喊过我干妈,可你妈不让喊,说想喊也得等我结婚后。"这边说着,小满上前一步,扯住小美的胳膊便往外走,说:"又有客户来谈合同。这位大姨的事,我来处理。"

两人这一走,便没了踪影。洪玫被请到接待室,小姑娘倒是客气,又是端茶水又是递水果的,还放到洪玫面前一个红包,里面是 500 元钱,说:"大姨以后有什么困难,还可以来。"洪玫只觉心里很凉,没收那个钱,起身离去了。

出村的路上,洪玫泪水流了下来。都说人情薄似纸,真是这样吗?可自己跟心芳姐是怎样的感情呀!自己来到这个村子,一待就是十年,知青回城一茬儿又一茬儿,可自己的爷爷是地主,伯父又去了台湾,没有后来的"一把抓",回城的美事便只能在梦里。于心芳大姐看"青年点"日渐冷清,便跑去抱洪玫的行李,说:"去我家住吧,正好帮我带带孩子。"洪玫拖住行李不走,说:"你家还有姐夫呢,谢谢啦。"心芳说:"你姐夫十天半月才回家一次,咱家

不是三间房嘛,他回来时,你就带两个孩子住西间,正好让我们两口子放开亲热。"心芳大姐说完就哈哈大笑,由不得洪玫再客气。心芳家是工农联盟户,姐夫是铁路上的养路工,不常回家。小美和小满是龙凤胎,当时也五六岁了……往事并不如烟啊!

突然,一辆宝马轿车停在路边,车门开处,跑出小美。小美挽住洪玫的胳膊说:"大姨,我现在喊你干妈总行了吧?"说着,又冲车内喊:"还磨蹭什么,快下来!"小满有些扭捏地站到洪玫面前,小美再喝:"给干妈跪下!咱俩什么都可以忘,总不能连咱妈临死前的叮嘱都忘了吧,找到洪梅阿姨,那是咱家的恩人!"

两个中年人双双跪落尘埃,洪玫的泪水又流了下来,喃喃道:"看到你们姐弟了,也看到你们的事业了,我心里高兴。我没事,这就回去了。"

　　小美和小满站起身，仍紧紧地挽着洪玫的臂膊。小美说："干妈一定要走，总得先看看自己的账目吧？"

　　洪玫吃了一惊："账目？我还有账目？"

　　小美跑回车里，取来一个账本，打开，第一页，竟然就是洪梅的名字，金额结存三百余万元。

　　小美说："干妈没忘吧，你回城后的第二年，就给我家送来一台织袜机，说是用你一年工资买下的，让我妈挤时间织点袜子卖，还说一家四口不能总指望我爸的那点死工资。我妈说，我家的公司不管日后发展多大，这都是第一笔投入资金，按等额股金结算。要是一时找不到洪梅阿姨，每年的分红就再投进去。"

　　三人重新走在回村的路上。小美问："我妈在世时，不知给干妈写过多少信，还求助过公安机关，怎么就找不到您呀？"

　　洪玫说："回城后不久，我就去南方打工了，办身份证时，女工叫'梅'的太多，我就改成了'玫'，难为心芳大姐了。"

　　小美说："干妈没注意我们公司的名字吧，念梅，我妈起的。"

　　小美又说："我妈常说，若是忘了根本，别说做事业，只怕做人都难。"

　　小美说这话时，狠狠剜了小满一眼。小满没吭声儿。

底　线

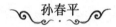
孙春平

　　于林在酣甜的睡梦中被推醒，晓洁有些惊慌地说："快去听听，电话里有来电录音。"于林不情愿地坐起，揉着眼睛问："你摆弄它干什么？"晓洁说："我看它不住地闪小灯，没忍住。"于林问："录音里说了啥？"晓洁说："好像是个老太太，说的啥，我也没听懂，好像是在求救。"昨夜和晓洁淘气得有点儿过度，眼皮还涩着，于林倒身又睡，嘟哝："又不是咱家的电话，跟你说了多少遍，别手欠。"

　　却是怪，脑袋挨着枕头，却再睡不着，耳边不住响着"求救"两个字，那两个字似过年的爆竹，越炸越响。于林翻身而起，去了大卧室，抓起座机话筒，按下重放录音的键，果然是那个冯老太熟悉的声音。

　　"闺女呀，这个电话你八成听不到，听不到妈也要说道说道，不说出来得憋屈死呀！手机我都是求好心人借的，那我就长话短说吧。我四月初回到东北家里来，你的那几个表兄妹，说你舅病了，把我骗到市郊的山上，住进一处农民荒弃的老房子里，每天轮流留两人，说是陪我，实际是把我看管起来，逼着我交出你姥爷留下的房产证，还要交出二老的遗嘱。你姥爷家的那处房子你是知道的，二老是有遗嘱，还是经过公证的。你的两个舅舅结婚时，你姥爷都给买了房子，二老觉得亏了闺女，去世时就把住的这套房子给了

我。我说:'你们要认为遗嘱有假,可以去法院。'他们知道一经官司,便不可商量。他们的意思是趁着眼下房价贵,抓紧卖掉好分钱,所以才闹这么一出。我在山上这几天,他们虽没让我饿着,可东北这时节的气候你也知道,白天还行,可到了夜里,还是死冷死冷的。咳咳……我感冒了。其实,我不给你打这个电话,直接打110也行,可家丑最好别外扬,所以你最好抓紧飞回来一趟,家里的这些麻烦事还是你们年轻人商量吧。可我又记不起你的电话,每次给你打,都是按你教我的办法,只按电话上的1号键就行了,哪承想会有人把我弄到这荒郊野岭上来呀!咳咳……不说了,你快回来吧,不然,兴许真就见不到你老妈了。"

于林抱着话筒,怔怔地坐在那里,眼前不断闪现着冯老太的影子。他不光知道老太太姓甚名谁,甚至还想得起她女儿的名字,因为于林是快递员,她住在这里时,她女儿寄来的邮件不少,都是经他的手。当然,有时冯老太往外寄邮件,也是喊他来家办理。于林想着远在数千里外的冯老太焦虑的样子,看管她的人是一时睡着了,还是忙着看微信呢?……

晓洁在门廊处大声说:"你也听了,我没诓你吧?我去饭店了,牛奶和面包都给你备好了,别忘了吃。"

冯老太的这套房子位于三亚市内的一个小区,两室一厅,有电梯,条件不错。听老太太讲,是在美国的闺女给买的,让老两口儿冬天来避寒,可老爷子没福,两年前去世了。于林来办理邮件时,老太太让他坐进客厅等,自己则戴着老花镜一边填写一边唠叨。是人老话多还是一个人在家太寂寞了呢?有一天,于林看到扔在餐桌上的钥匙,心头不由一动。记得有一次,跟几个快递小哥坐在路边吃盒饭,于林抱怨住城中村太闹腾,夜里睡不好觉。一小哥说:"那是你死脑筋,要说三亚啥最多,我看就闲房子多,尤其是夏秋季。"于林说:"那租金得多贵呀?"小哥一脸坏笑说:"我让你租了吗?其实,你帮着免费看房子,他们兴许还感谢你呢!"几天后,动了心思的于林再去时,怀里就藏了压印钥匙的胶泥。

　　其实,不光是房子,就连女友晓洁也应算是临时"顺"来的。住进冯老太家后,于林常去小区外的一家饭店打尖,一来二去地,就和服务员晓洁认识了。一天,晓洁问:"你就住在这小区吧? 是你自己的房子呀?"于林答:"是我亲戚的。"晓洁凑到跟前,低声问:"不能带我去串串门吗?"那天,晓洁进了这个家门,四处看过,便坐在了北卧室的床上,说:"往后,我睡在这儿,你睡南卧,欢迎不?"于林说:"那可不行,我亲戚有言在先,南屋谁也不许进。"晓洁也现出一脸坏笑,说:"明——白。那我就跟你一块儿挤小床,行吧?"

　　晓洁是甘肃人,于林的老家在辽西。出门在外的打工者,似这般你情我愿的同居,多得可比海南岛上的椰子,处好了可做长远考虑,处不好挥手拜拜,见多莫怪吧。

　　那天,于林跟公司老板告了假,一天没出屋,将房间打扫得干干净净,并将自己和晓洁的衣物收拾清爽,分别装进各自的拖箱。夜深,晓洁回来,见了这般情景,便呆立住了。

　　于林说:"我已经把老太太的录音转发给她闺女了。多则三五天,少则一两天,可能就有人要回来。咱俩明早必须离开。"

晓洁问:"你知不知道,你就是跑到天边,警察也会找到你?"

于林说:"明人不做暗事,我已把我的电话号码压在电话机下了。你别怪我,占点儿便宜的事我做过,但见死不救的事这辈子我决不做。"

晓洁沉默了一会儿,又问:"那你往后住哪儿?"

于林说:"先去找朋友挤一挤吧。"

晓洁眼里汪了泪水,说:"还是去租个单间吧,别怕贵,往后,咱俩就 AA,行吗?"

余 热

孙春平

"人走茶凉",这话因为一部现代京剧,成了许多人爱挂在口头的调侃,里面含了许多的讥嘲与无奈。其实,人走茶凉,是自然法则,不可抗拒。想不凉,就得另想办法,比如再加温,比如用加厚保温层保温。但不管保温层加多厚,茶水迟早要凉的。

俞老原是省戏剧研究所的主任,不光写过两部颇有影响的话剧,还在几部电视剧里客串过有些影响的角色。但是,让他始料未及的是,本不过是图玩求乐的票友角色反倒比他的主业——编剧影响还大。省里的电视艺术家协会改选时,他就被选成了主席。当然,主席只是旗帜,撑着这面旗迎风招展的旗杆子另有人物,那个职务叫秘书长。

这都是多年前的事情了。而今,俞老已退休二十来年,记得他的人已日渐减少。有时,省城里有些协会搞活动,也会把他请去,还要把他拉上主席台。他知道,这只是发挥余热的一种,谁也拉不住岁月的手,多鼓励,少干涉,别倚老卖老讨人嫌就是了。

前些天,俞老突然接到小窦的电话,客套之后,小窦说宝马车马上就到楼下,接俞老去北口市走一走。北口市那边有三位作者,合作了一部电视剧,想请俞老把把关。俞老说:"眼下的电视剧都是大部头,动辄几十集,我

又没看过,把个什么关?"小窦说:"关键是,这部剧里有个人物,我看您演最合适,您先早期介入嘛。"这话俞老爱听,立时来了精神。他已有十多年没上过戏了,尤其是时下的电视剧,听说演员的酬金不菲。他又说:"这一去,总得几天吧。我带上两件换洗的衣服,再跟内当家告个假。"小窦哈哈笑,说:"要快呀,车马上就到。"

小窦是位女士,当年俞老当那面旗时,她就是那根旗杆。按规定,秘书长本可干到六十岁,可到了五十五,她就坚决退休了。后来人们才知道,走出省文联的门,她立刻跨进了一家成立不久的影视公司,还当上了总经理,薪酬远比当旗杆时多得多,况且退休金仍可照拿不误。这几年,凭借当秘书长时结交的演艺界人脉,那家影视公司搞得也算有些声色,拍了几部影视剧,虽没产生多大的轰动,但也都播出了,窦总经理游说市场的才能不可小觑。

汽车风驰电掣,在高速公路上一路北行。俞老说:"趁这工夫,把本子给我翻翻?"早已不年轻的小窦说:"在汽车上看东西,最容易晕车。"俞老又说:"那你先简单给我说说。"小窦答:"不急,时间充裕着呢。"

两小时后,宝马车停在北口市内繁闹处的一个路口,车外迎立着两男一女三个人。俞老只依稀地认识当首的那位男子,好像叫李什么屿,原来是北口剧目室的,开会时见过。俞老下车,远远地伸出手去,那李某相握前竟陡然一惊,忙把手在衣襟上使劲擦了擦,说:"不知俞老前辈大驾光临,失敬失敬。"俞老笑说:"没想到当年的小李现在也是大李了,最好还不要让人喊老李。"李某大笑过,扭头问:"窦总,已是中午了,是安排俞老先休息,还是吃饭?"小窦说:"我知道俞老早餐常是两片面包、一杯牛奶,这时候肯定饿了,那就边吃边聊吧。"李某说:"也不知道俞老想吃什么。"小窦说:"俞老爱吃火锅,方便吧?"李某忙点头:"方便,前面不远就是东来顺。"

众人坐进包房,李某陪着俞老、窦总寒暄,另两位主人则忙着喊服务员安排火锅宴上的种种。荤的素的很快摆放齐整,紫铜火锅里也翻滚起了浪

花。小窦对李某说："那就让俞老他们慢用，咱俩另找个地方聊，可好？"李某对另两位示意，小窦也对兼着助理职务的女司机说："照顾好俞老，我们去去就来。"

主人敬酒，开始涮锅，气氛和火锅一样热烈，话题天南地北，不忘回顾一下俞老当年的光辉业绩。俞老见缝插针，问道："你们眼下在搞什么剧？"女助理说："俞老不知道吗？不是说您一直关心这部剧，还想出演一个角色吗？"另一男士也想说什么，却被女助理用别的话题岔开了。

足有两个多小时，小窦和李某才回来。李某的脸色不大好，进屋就抓起桌上的白酒杯，一饮而尽，足有二两，放杯也很重，砰地一蹾，惊得众人面面相觑。小窦佯装未见，和女助理扶起俞老，说："俞老，咱们去休息吧。"俞老问："事情谈完了？"小窦说："等会儿我慢慢跟您说。"

俞老被扶上宝马，汽车就开走了，也没见几位主人跟出来。俞老有了几分酒意，加之正是每天雷打不动的午睡时间，所以坐进车里就躺在后座甜甜地打起了鼾，被女助理叫醒时已到了高速路上的服务区，问他可去方便。俞老下车时，见小窦正站在不远处打手机。小窦说："一切还算顺利，主要是订金追回来了，已打入咱们的账户。办法是咱们早商量好的，果然立竿见影。行了，等方便时我再详细跟您汇报……"

那一夜，俞老翻来覆去睡不着，满脑子想的都是白天的事。既是订金，还能收回去吗？小窦为什么非把他拉了去？小窦在跟谁打电话，他们想的是什么办法？不会就是为了悔约收订金的事吧？老伴儿看他不住地折腾，自是要问，俞老便如此这般，把白天的事说了。老伴儿翻身而起，恨道："这个窦妖精，谁都敢要呀！你不会忘了《狐假虎威》的故事吧，你就是那头傻老虎，姓窦的就是狡猾的狐狸，这还有什么好琢磨的？"俞老如雷轰顶，也坐了起来，说："这可不行，我明天就去问问她！"老伴儿说："拉倒吧，不过是一顿火锅，就把你涮成这样，往后，还是少搭理这些人吧！"

点绛唇

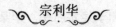
宗利华

　　小四儿迷上一件乐器。曼陀铃。八弦,五度间隔。铮铮琮琮,清澈悠远。弹拨乐器的是一位女子。长发飘飘,眼波流转,唇红齿白。莞尔一笑,云淡风轻。女子是这家书院请来的,别人授课间隙,她奏曲添兴。

　　一日,小四儿坦然承认,如《聊斋志异·婴宁》所言:"我非爱花,爱撚(捻)花之人耳。"你不是喜欢那乐器,你是对弹奏者感兴趣啊!

　　这不符合小四儿的处世原则。此前,他一直坚守,不爱别人,亦不愿被人爱。太累。他常把一句话挂嘴边儿:"我不负苍生,苍生你也别来惹我。"一次,他爹对这话终于忍至极限,随手抓起一把折扇,嗖地一下,直冲他面门而去。小四儿身影一转,蹿至门外,仰天唱道:"左等也不来呀,右等也不来,小四儿望苍天,止不住地好伤怀。"

　　"你就是个坏种!"他爹须发皆抖。

　　小四儿其实不俗,眉清目秀,肤色是标准婴儿白,不抽烟,不喝酒,不大跟现实中的人交际。他从不去是非之所,只在咖啡馆、书院、书吧徜徉,尤其新开的那家24小时书坊——老天!他总算可以理直气壮地彻夜不归了。他进这地方,却不读书,偶尔抽一本摆在眼前,多数时候是看手机。更多的时候,他苦思冥想,比如勾勒一下永和九年一帮文人在兰亭的那一场大醉。

"我生下他，就为了让他气死我吗？早知道这样，不如小时候直接掐死！"其母曾仰天长叹。他爹倒乐观："退一万步讲，目前他对人类无害。"

自从曼陀铃女子出现，小四儿的身影常滞留那家书院。书院聘请些外形稀奇古怪的老师——譬如一位男士喜欢在后脑勺上扎根细细的小辫儿——讲《易经》、国学、茶道、禅机。小四儿交费去听。实话说，听不进去。

这日，小女子一出现，小四儿眼睛顿时一亮。她一袭汉服，袅袅娜娜。这次换了弹奏乐器，古琴。弹的是《凤求凰》。

小四儿家里有架古琴。他爹45岁那年抱回来的。45岁前，老头儿沉醉官场，终至面目全非，文不文，武不武。大醉一场后，迷上了古琴。小四儿之母对此嗤之以鼻，冷嘲热讽。古琴落户当日，她抄在手上，想从六楼窗户往外扔。

"万万不可，一万多块哪！"

"这么贵？"

当晚，夫人网购一宗同等价值印度香，方罢休。

所以，小四儿对古琴不陌生。对《凤求凰》也早有耳闻。老头子就曾习此曲。一个周末，他沐浴焚香，弹奏一曲，力请儿子评鉴一二。小四儿一边看微信，一边说出一番话："此曲完全可以证明，杀人，不必用刀。"

曲终人散，小四儿坐在那里没动，想起自己对老爹的评语。此情，此景，竟也恰如其分。不过，"杀人"含义已变。他的魂魄被小女子刺中。小女子款款走来，坐在对面。

"帅哥想什么呢？"

一股异香扑鼻而来。金香木，印度熏香一种，又名占婆。

小四儿脱口而出："薄汗轻衣透。"女子缓缓起身，向前走几步，回首间衣袖遮面，只露杏眼："知否知否，应是绿肥红瘦。"

暗号对完。小四儿灵魂出窍。

当日中午，小四儿背着古琴，跟在女子身后，走进一家比萨店。晚上，小

四儿破天荒地向老爹讨教古琴攻略。后者受宠若惊，言无不尽。

小女子四处赶场，小四儿甘当跟班儿，后背上三种乐器不断变换。古琴，曼陀铃，小提琴。

某夜，小女子微信留言，请他吃夜宵。彼时，他正半躺在 24 小时书坊沙发上昏昏欲睡。见此消息，一个鲤鱼打挺蹦起来。等到了接头地点，却迟疑良久。进，还是不进？是个大问题。不进，里面有异香在招手；进呢，此地委实有违自己原则。

——那是一家夜场。

最终，小四儿还是走了进去。顿时，被轰鸣的音乐淹没，被五颜六色的灯光覆盖。他张大嘴巴，站在那里。人山人海。所有人随着音乐起舞，肢体动作夸张！恍惚间，他的手被另一只手抓住，是个穿着裸露的姑娘，红嘴唇一闪而过。于人群中穿行半天，终于挤到一张桌子前。桌旁坐着另一位奇装异服女子。先前那女子将红唇凑近他耳朵："坐这里！"说完，鱼一样游进人群。

小四儿恍然大悟！她就是那曼陀铃女子。

音乐停止。一束光打在舞台中央。曼陀铃女子红嘴唇靠近话筒："献给我的朋友！"一阵雨点声由远至近，突然万马奔腾，旋即电闪雷鸣。全场舞动！身边女孩儿将烟头一灭，抓起小四儿的手："来吧！"他们登上舞台中央。小四儿环顾四周，恍如隔世。恰此时，曼陀铃女子两只手握紧他的两只手，贴近身子问："你怎么不动？"

小四儿想哭。

女子突然抱紧他，在他耳朵边儿呵出一股热气，是另一种香。小四儿想起一部电影《香水》。

"这世上不只有曼陀铃，还有曼陀罗。"女子大声说，"知道吗？曼陀罗！那玩意儿浑身上下都是毒！"

醒来的时候，小四儿已在自己卧室。他望着屋顶某个角落发呆。

门外传来母亲欢快的声音："儿啊，你是不是谈恋爱啦？"

定风波

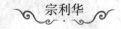

宗利华

老五其实还年轻,不到三十。论老,哪能轮到他?大学宿舍里,按年龄排,他排到第五。大学毕业开始混日子那会儿,他写过几首诗,起了个笔名叫老五。

他爹妈后来居然也这样喊。

"老五,帮个忙呗,打酱油去。"

"老五,去菜市场买几根黄瓜行不?"

大夏天的,他反而穿着老头衫、花裤衩、拖鞋,一边看手机一边往外走,站到门口,才像是刚睡醒,回过头来。

"老五也是你们叫的?"

老五他爹是警察,不在实战一线,在档案室。因此,有点儿文化。平日里喜欢练练字画。四平八稳,波澜不惊。老五他妈,工作于移动公司载波室,成天跟密密麻麻、红的黄的线路打交道。两口子话都少,懒得发火,从不吵嘴,面部表情一年到头都没有大变化。老五他爹对他妈最厉害的一次发火,是双手叉腰,在屋子中央转了一圈儿:"你不对! 你咋这样?"声音比平日里仅高出半度而已。因此,这家人平日里基本没动静。吃饭的时候,一人举一个手机。哪怕老五快三十啦,还没往家领女孩子,爹妈也不急。邻家女人

却急了："一个大小伙子，整天在眼前晃啊晃，你不犯愁？"

"愁啥？又不是养不起。"他妈还笑嘻嘻的。

一日，大学宿舍睡上铺的小四儿发一条微信来："老五，我恋爱了。"

老五回："无耻！"

小四儿极力撺掇他："真的好。你来，来呀，眼见为实！"

为了眼见为实，老五也选了一堂课去那家书院听。100 块钱报名费倒不贵，可老五还是稍微心疼。他平日不大花钱——顶多爹妈不在家时订个外卖。等见到小四儿说的那女子，老五更心疼那 100 块钱。

"四儿，你情商是负数啊？这丫头，整个都是假的。"

"谁不是活在虚假世界里？包括你我。"小四儿反问。

"我不一样。老衲已参透人生。"

尤其是见小四儿屁颠屁颠背架古琴跟在小女子身后，老五不由得一声冷笑："贱!"自此，他再不去听课。那些《易经》、禅道之类的，在他眼里还不如一碗心灵鸡汤。"自己活得找不到北，好意思指点别人?"他承认这话有些刻薄。

不久，小四儿又来了一句："老五，我失恋啦!"

老五回："更无耻!"

待弄明白对方失恋的原因，老五哈哈笑："一个弹古琴的女孩儿，还擅长钢管舞? 荒诞! 四儿，我怎么跟你说的? 恋爱、结婚，极度危险!"小四儿发个拥抱的表情过来，外加一张哭丧脸。

一个叫"曼陀罗"的女子连续数次请求加微信，老五最终点击通过。他朋友圈的人极少，主动招惹他的更少。居然是小四儿说的那女孩儿。

"听说，你是大师?"

"大师算不上，看破而已。"

女子发个白眼，随后大段文字抛来："据我所知，你足不出户，整天躺在床上，说好听是宅男，不好听就是一巨婴，资深啃老族。你没工作，没女友，不和世界交往，哪有什么人生供你参透? 人生是啥? 活着。活着的过程，活着的意义。我承认，就某个瞬间来说，我是假的，可内心真实。不像你，你活得简单，可你把自己活成了一堆垃圾。"

老五最不惧的，就是网上骂战。可没等他回过神，对手已将他加入黑名单。

整整两个星期，老五坐卧不安，反复琢磨这番话。

两个星期后，内地正酷暑，老五和"曼陀罗"的身影出现在凉爽的伊犁那拉提草原。同行的还有另一女子，小巧玲珑，老谋深算——老五这么猜测。

当他跟爹妈提出，要跟一个女孩子远行时，那俩人对视一眼，呆愣良久，不约而同站起身，再回到他跟前时，一人递过一张银行卡："都取出来，花掉

它!"他背着包出门,老妈还在叮嘱:"千万不要跟女孩子 AA 制!你是男孩儿,要大方!"

俩女孩儿对一切游刃有余,更反衬出老五对生活常识的无知。他小心翼翼地触碰着一切。偶尔会感觉,这是冥冥之中上天给他的恩赐。让他第一次,回过头去打量自己。

两张银行卡用处不大,按惯例,三人依然 AA 制。何况,在大草原上、荒凉的戈壁滩上,银行卡有什么用?

当两个女孩子身着汉服,一红一白,走向草原深处时,老五抬头看向天空,目光落在一只鹰身上。古琴的声音在落日余晖下的大草原上极具穿透力。老五张开双手,闭上眼睛,凉风徐徐穿透他的筋骨。他第一次感觉肉体如此沉重,第一次感觉以前的自己是在虚度光阴。老五两只脚扎进草丛,望向远方。曼陀罗女子双臂高举,艳红的丝巾迎风而飘。她在旋转,在跳跃,在飞翔。老五泪眼蒙眬。他迈开第一步,脱掉上衣,开始奔跑。

你是男人!你是翱翔在冰天雪地里的雄鹰!你在奔跑时又脱掉裤子,脱掉鞋子,甚至脱掉内衣!你在空旷的草原上,裸奔!

遥远处传来一声叹息。

老五站在窗前,呆立良久。

在他无数次请求加好友之后,"曼陀罗"终于打开对话通道。这次,是一个挑战,或挑逗:"敢不敢跟我们一起去新疆撒个欢儿?"

事实是你根本没去。"你个懦夫!"老五冲着玻璃上自己的影子嘟囔一句。然后,回床上慢慢躺下,顺手抓过手机来。他把"曼陀罗"加入黑名单。

传　说

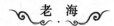

老·海

　　我上大学学的是美术，可现在成了作家（其实我领受这个光荣称号有点儿心虚）。也许我的这个转变与那时读的一篇小说有关。

　　我是星期天在大学阅览室的一份文学杂志上看到这篇小说的，竟读得如痴如醉，忘了自己，一个大老爷们儿没出息地掉下了眼泪。

　　那是一篇爱情小说，毫无疑问，爱情题材是最吸引大学生的眼球的。何况，这位才华横溢的女作家把"母亲"的那段柏拉图式的纯美爱情写得如绵绵细雨，润物无声地潜入心底，让读者和主人公一起久久难以释怀。不知是不是这篇小说让我"中毒"太深，大学毕业后，我没有继续四年苦练基本功的画画，而是鬼使神差地改行写开了小说。

　　我的天分不高，加上性懒，写了几十年小说也没混到名流、当上一心向往的专业作家，始终是一个为作家们做嫁衣的编辑。如果说有什么"长进"的话，就是我从市里调到了省里，从小刊调到了大刊，也算是"人往高处走"了。

　　我不是主编，和大家在一个大办公室里，也就是四五个编辑共"居"一室。这样的好处是热闹，不寂寞。人和动物的最大区别就是，人会说话，动物不会。在编稿之余，或工间休息的时候，编辑们也会伸伸懒腰喝喝茶，唠

唠闲话聊聊天的。聊天嘛,什么都说,无主题变奏,文学政治、市井八卦、名人逸事、旅游奇闻……总之,聊天是人和人之间的黏合剂、润滑油。试想,同事们在办公室从早到晚埋头工作,一句"废话"不说,多无趣啊!

那天我们聊起国内知名作家和经典作品,我说我上大学时读的那位女作家的爱情小说真棒,至今记忆犹新……这时我们编辑部一位资深女编辑突然说了一句话,把我惊呆了。她说:"她写的那篇小说的男主人公原型,你知不知道是谁?"

我说:"我怎么会知道?"

"是咱杂志社的老主编 XX 呢!"

"啊?!"我吃惊得嘴巴张得像个横卧的鸡蛋那么大,半天没合上,"不会吧?"

我不敢相信,或者说不愿相信。我没想到那么委婉凄美的爱情故事就发生在我身处的这个办公室内,只不过时间往前移了 30 年而已。这个老主编我知道,他不仅是我们这份文学杂志创刊后的第一任主编,同时还是我们省赫赫有名的作家,在号称"中国式文艺复兴"的 20 世纪 80 年代,他的中短篇小说得过多项国家大奖。我还知道,他后来不当主编了,成了我们省"十年浩劫"后第一个最有实力的专业作家。再后来,顺理成章地成了我们省文学界的领导。现在,已退休多年。

"怎么不会?"资深女编辑说,"咱单位老人都知道,女作家当年在咱杂志社当过两年编辑呢。"

"真的吗?"这就更让我惊讶了,"我看过她的介绍,说是出生和上大学都在京城,怎么会到下面来当编辑?"

"是啊,"资深女编辑说,"开始大家也不理解,直到她回到京城写了那篇小说后,大家才恍然大悟了。"

"那……"我仿佛在听神话,"你们当年就没看出来一点儿……蛛丝马迹?"

资深女编辑笑了:"那是哪年哪月的事儿呀,我到咱编辑部时,她早就离开了。他们的事我也是听编辑部的老同志说的。"

"这样啊?"我还是有些将信将疑。

"女作家调回京城两年后,咱们的老作家和老伴儿离婚了。"资深女编辑继续说,"离婚后他将房子重新装潢了一遍,我们是邻居,我还去看过,老作家还买了新家具家电。栽下梧桐树,凤凰自然来,很显然,他是想再开始新生活。"

"我看过有评论家写的京城女作家传记,好像说她和她的高官丈夫也离婚了,可他们……"

"大家都猜测他们要结婚,可这么多年过去,他们并没有走到一起。有说是女作家不愿再到咱们这个省来,而习惯了中原生活的老作家也不愿到京城去。当然,这只是人们的猜测,真正的原因只有两个当事人知道了。"

"是啊,每个人都是一座神秘库啊!"

"老作家一直独自生活,自食其力。"资深女编辑谈兴正浓,"那年年终我老公陪同文联领导按惯例去慰问老同志,见老作家屋里乱得像个炸弹坑,床上、沙发上、地上,横七竖八地躺满了各种各样的书报杂志。甚至还有几本翻开的、里面夹着纸条的精装书竟是关于宇宙起源、星球演化的。卧室里被子未叠,脏衣服堆了一堆,厨房水池里泡了一池子碗筷。老作家吃一次饭用

一个碗,等把家里的二十几个碗都用完后才统一洗,他说这样节省时间和精力。电脑桌上的灰尘厚厚一层,只有胳膊放置处蹭了两个干净印儿。若非文章停断处的光标一闪一闪,显示着活力,真让人以为那台老式电脑是出土文物。"

"怎么不请个保姆呀?"

"文联领导也这样问他,不过老作家说,他喜欢清净,不想让外人打扰。"

"哦,是呀,写作的人喜欢清净,永远不会孤独。"我说。

…………

如今,我们省的这位德高望重的老作家已过世多年,回到京城的那位著名女作家仍然高产,又写了许多堪称经典的文学作品。就在事业如日中天的时候,她突然不写了,自此在文坛上销声匿迹。

不知是不是巧合,她封笔不写,正是我们省的这个老作家去世之后。

传说她信了佛,同样不知真假。

失 得

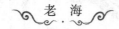

老 海

　　W作家很早就是个名作家了。

　　W作家出了几部长篇小说，声名远扬。不出意外地，W作家和原配夫人离了婚。也许有他的理由，不过在不知情的外人看来，W作家和许多成了名的作家一样，嫌弃糟糠之妻了。

　　W作家四十来岁，正当盛年，可谓春风得意，自我感觉不可能不良好。W作家离婚后，或友人介绍或毛遂自荐的女性络绎不绝，他都不感兴趣。不是W作家不想再婚，而是他要找一个十分满意的。他自己在心里暗暗定下了一个标准。

　　年底，他的又一部新作出版了。在新华书店举行的签名售书活动中，一个女孩儿让他眼前一亮，这个女孩儿不仅漂亮，而且气质绝佳。W作家认为，气质这种东西最能征服男人。

　　这样，W作家在给女孩儿签名的时候就多看了她一眼，而且，在他的签名后面还签了电话号码。这是这个女孩儿的"意外收获"，是别的签名者所没有的待遇。其意不言而喻，如果那个女孩儿足够聪明的话。

　　果然，W作家的判断没错。

　　半个月后，女孩儿打来电话，说她读完了W的新作，写得真好云云。W

023

作家自然谦虚了一番,问她是不是也喜欢写作。

女孩儿说:"是的,只是苦于进步不大,正想向老师您讨教呢,不知是否有时间……"

W作家大喜过望,不过他还是尽量保持声音的沉稳,说:"有时间,只是我这里经常有烟迷酒鬼们来骚扰,不方便谈话,还是去你那里吧!"

"那就太谢谢老师了!"

女孩儿欢快地答应了,并告诉了W作家她的住址。放下电话,W作家立即以要外出开会为由推掉了和几个朋友星期天打麻将的娱乐活动。

星期天下午W作家如约而至,甚至临行除了在挎包里装了他的一套自选集外,还装了一瓶法国红酒。在这之前,W作家脑海里不断映现出这样的画面:在女孩儿干净温馨的蜗居里,他们边聊文学边杯盏叮当。灯光氤氲,帘幕低垂,侃侃而谈,口若悬河,酒酣耳热,微醺欲醉,女孩儿的脸被红酒晕染得面若桃花,渐入佳境,眉目传情,娇语莺声,这时……别误会,W作家是有道德底线的人,他不会趁女孩儿之危做什么令人不齿之事。他是想看时机合适,巧妙转变话题,问问女孩儿的个人问题,再暗示她自己目前单身……W作家心里清楚,在书店签名见到女孩儿的那一刻,他分明怦然心动了呀!

女孩儿住在一幢普通的老式居民楼里,没有电梯,W作家步行上了五楼。当女孩儿听到敲门声笑脸盈盈地出现在W作家面前时,他远足的辛苦顷刻遁去。在W作家看来,美女是最好的疲劳消散剂。

不过W作家的欣喜没保持一刻钟,他就感到大事不妙了。只女孩儿一个人居住这倒没出W作家的意料,可是女孩儿把他让进屋里关上防盗门后却没有把内门关上。这种老式居民楼的防盗门还是第一代的那种有花格透窗的简易型,那边窗扇也是拉开着的,仅有纱窗而已。时令夏初,这样空气对流屋子里会更凉爽些,女孩儿这么做也符合常理。可是这么通透,就没有任何私密性可言,说话声楼梯走道上的人都可听见。这种情况和"帘幕低垂"的氛围相去甚远。

女孩儿给W作家倒了杯茶,坐到了茶桌对面。W作家注意到女孩儿虽说笑靥如花,却也毕恭毕敬,完全是一个准备认真听讲的小学生模样。而且他还注意到,女孩儿穿的长袖长裤,没有他想象中的吊带裙或超短裤之类的便装休闲。

W作家一时感到兴味索然。文学话题有什么好谈的呢?无非是主题、语言、细节、结构这些老生常谈,女孩儿未必不知道。不过W作家还是耐着性子东拉西扯了大约一个小时之久,看看差不多已"不虚此行",便借口还要去参加一个朋友聚会,告辞走了。临走前他把包里的那套自选集掏出来给了女孩儿,而那瓶法国红酒始终躺在包底,未见天日。

一直顺风顺水的W作家这次真正尝到了人们说的那种失恋痛苦。他的情绪十分低落,甚至连朋友都不想见了。最后他玩了一把"失踪",跑到钟鸣山深处的无名寺,以赞助香火钱为名让寺院住持给他收拾了一间既干净又僻静的禅房,住了下来。他并不是皈依佛门,而是在这儿写作。六个月后,当他再度"出山"时,背着一挎包沉甸甸的书稿来到出版社。

又两个月后,W作家的长篇新作《失得》出版,好评如潮。不过当出版社和书店以答谢读者的名义邀请他再次签名售书时,他坚决拒绝了。

偶　像

老·海

　　我的好友老仁早年是写过小说的,只是自下海做生意后,就没时间写了。不过他看小说的爱好还始终保持着,这在老板行列里,不能不说是难能可贵的。

　　看的小说多了,老仁就有了个崇拜的偶像。老仁最喜欢我国当代一个著名小说家老D,读他的小说常常夜不能寐。我每到老仁那里喝茶(更多的是喝酒)聊天,他就会情不自禁地说起老D,滔滔不绝,不能自已。

　　在我还算年轻的那些年,很有些"半瓶子晃荡"式的盲目自信,对国内一些突然蹿红的作家有那么点儿吃不上葡萄说葡萄酸的妒忌,唯心主义地认为他们爆得大名要么是踩了狗屎运,要么是用了不正当手段。因此老D的小说尽管得了国家大奖,我却基本没看。偶尔在杂志上见到他的作品,挑剔地横扫一眼,得出不过尔尔的印象,就十分不屑地扔到一边。现在老仁把老D夸成了一朵花,我就狐疑地借了老仁的一本拿回去看,没想到老D还真把我的眼球吸住了。我读了一篇又一篇(他的小说都不长),情不自禁地猛拍大腿:"好,太好了!"

　　我急于把我读老D小说的感受说给老仁听。老仁做生意很忙,经常在外地出差。终于等到他回来了,我立马兴冲冲地跑到他那里。让我没想到

的是,老仁似乎对此没有以前的热情了。原来,因为老仁太崇拜老 D 了,产生了想见见心中偶像的愿望,就专门自费到老 D 的城市去了一趟。没想到当他风尘仆仆地找到老 D 工作的杂志社,激动地伸出手时,老 D 并没有同等的回应,只是冷冷地看着他:"你是……"

老仁只得把伸出的手向上绕到头顶挠了挠:"啊,老 D 老师,我是从河南来的……"

"嗯。"

老仁掏出兜里的大中华烟,抽出一支递过去。这回老 D 倒是伸出了手,却是手背对他,在烟卷上轻轻碰了一下:"不会。"

"啊?!"这太令我吃惊了,"他不会吸烟? 不对吧? 他在小说里经常有'我点了一支烟'这个动作呀!"

"确实没见他吸烟。"老仁说。

"我不信。"我说,"我不信一个不会吸烟的人在小说里经常吸烟,而且吸得那么老练。"

"老 D 老师,嘿嘿……"老仁接下去不知怎么办好了。

"什么事?"

"我是……您的崇拜者。"

"呃。"

"我……想……请您吃个饭,好吗?"

"吃……饭?"

"没别的意思,就是想向您讨教讨教写小说。"

"我是瞎写。"

"您谦虚了,瞎写就写得那么好……"

"嗯……"

"那吃饭?"

"别吃了,我不喝酒。"

"什么!"我再次吃惊——不,应该说是震惊,"他说他不会喝酒?他的小说里经常写他和朋友或是工人农民兄弟们一起喝酒啊!而且他知道很多牌子的酒,那喝酒的动作、声音描写得无不惟妙惟肖,他怎么可能不会喝酒呢?不信,打死我也不信。"

"你再不信我也不敢把你打死啊!"老仁笑我。

"不可思议,太不可思议了!"我说。

老仁继续说:"我尴尬地站在那里,搓着手说:'这,那……'突然想起拎包里有我的一本书,就掏出来毕恭毕敬地用双手递给他:'老 D 老师,这是我的一本小说集,我们省的 XX 老师说我写得像您的风格,所以我才……'"老仁说的 XX 是我们省的知名作家。

老仁接着往下说:"老 D 接过我的小说集,粗略地翻了一下,就又递给我,说:'整得不错。'我本来是想送给他的,没想到他翻了一下,就又递给了我,那显然是不感兴趣。我嘿嘿干笑了两声,只有告辞了。不走还能怎样呢?我说:'那……老 D 老师,再见!'"

"'嗯,好。'老 D 连'慢走'之类的客气话都没说,就重又坐回他的那把破藤椅里去了。"老仁最后说。

"真是难以置信！"我说，"小说里的老D是个多热情的人啊！仿佛到处都有他的朋友。怎么会……"

"是啊，别说你不信，连我也怀疑是不是找错人了。真实的老D不仅一点儿也不豁达，而且，似乎很警惕。"

"他又不是政治人物，警惕什么？"

"他似乎害怕他的那点儿写作技巧被人学去了，有点儿像过去的中医世家传秘方怕被外人知道的劲头儿。"

"这就有点儿小心眼儿了吧？再说写作经验和家传秘方恐怕还不能比吧？"

"所以说嘛，"老仁说，"我看老D这家伙有那么一点儿心理小阴暗，显得很猥琐。"

"猥琐？老D即便不够落落大方，也还不至于这么不堪吧？这可是个很负面的评价啊！"

"反正他给我的感觉就是这样。"老仁说，"心中的偶像轰然倒塌，回来后他的小说我再也不看了。"

"公平地说，他的小说还是不错的。"我说，"不至于对人家的印象不好，就连小说也不看了。"

"不看，坚决不看！"老仁说着跑到书房里把老D的小说集抱出来，往我面前一堆，"老海，你要喜欢送给你，全拿去……"老仁显然备受打击，气愤不已。

作为局外人，我虽觉得老D的确有点儿过分拿大了，但毕竟没有老仁那么感受强烈。我说："老仁，你就没必要这么大老远地跑去找他，自取其辱嘛！"

我这样说是不是有点儿幸灾乐祸的味道呢？

"老海，你说得对，这是我这辈子办得最傻的一件事儿了。"

从老仁那里出来，走在车水马龙的街上，我一直想着老仁的话。感觉确实不可思议，小说里的老D何等潇洒，生活中的老D却如此拘谨。小说中的老D和生活中的老D完全是截然相反的两个人。

怎么会这样？

怎么不会这样？

农耕博物馆

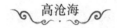
高沧海

　　稻他妈八十多岁了，身上的汗衫褂子都是十几块、几十块不值钱的，饭桌上吃了一辈子也没凑成个传说中满汉全席的一个桌子角。

　　我们是邻居，我爸妈经常说，稻他妈咋地咋地了，我也说，稻他妈咋地咋地，我妈说，稻他妈可真不是你叫的，不管人前人后，你都要喊她一声大娘。

　　稻他妈知道了，说，叫啥都好，叫啥都好，来，小丫头，我剪花儿给你看，你拿去给小狗小猫儿戴。

　　大稻二稻是她的两个儿子。谁让他们叫大稻二稻呢，他们若是叫大国二国，或是大华二华，也就不让人好奇了。我妈说，原来我们这里有无边的稻田，有云朵一样的谷堆，不像现在高楼林立。

　　大稻二稻我都不眼生，眼看也都是入六十的人了，按乡里辈分，他们都要称我一声妹子。我还记得小时候，大稻二稻经常把我高高举过头顶，逗我喊他们"哥"。我嚷嚷他们大稻二稻，揪他们的头发，给他们画红鼻子绿鼻子，他们也恼不得。乡下就是这样，你年龄再大也不稀奇，就算你七老八十了，只要还能下得了床爬得动，大过年你还得好腿好手搁在前，赶早儿去给才刚刚三十岁的小婶婶拜年。咕咚一脑袋磕下去，再咕咚一脑袋磕下去，举着手讨要压岁钱，小婶婶慵懒地躺在被窝里还可以耍赖说，不响不给钱的哦。

　　稻他爸早早病故了,稻她妈拉扯两个儿子过了很多苦日子,这是我爸妈说的。不过现在好了。稻他妈过了很多苦日子,两个儿子成家后,她住在稻他爸留下的房子里,人越来越老,房子越来越破旧,土院墙都塌了好几塌,压坏了好几棵月季,燕子也不来搭窝了。谁料赶上城市扩建这一夜春风,一根稻草都变黄金,破房子就有了金銮殿的价,稻他妈这些老树根老疙瘩迷迷瞪瞪稀里糊涂就搭上了快车,一下子腰缠万贯了。

　　大稻从省城里回来了。大稻仰着脸,环视着这座老宅子,大稻对他妈说:"妈呀,城里那些老太太,穿大花棉袄,宽边裤。"稻他妈说:"宽裤脚,走路还利索? 花棉袄,不成妖精了?"大稻说:"城里那些老太太,穿着花棉袄,穿着宽边裤,在广场上跳舞。"稻他妈说:"一把年纪了,还蹦跶。"大稻说:"一起跳舞的,还有很多帅老头,嘣嚓嚓,嘣嚓嚓。"稻他妈瞪了一眼大稻。大稻说:"妈,搬城里去吧。"稻他妈素来对大稻言听计从,可现在今非昔比,有一百万撑腰哩,就有了骨气,她说,不去。

　　二稻也从省城里回来了。二稻仰着脸,环视着这座老宅子,二稻对他妈说:"妈呀,城里头卧房我给您备下了,三铺三盖。"稻他妈说:"新媳妇过门也才两铺两盖,穷折腾。"二稻说:"妈,羽绒被,毛巾毯子,还有跟床头一样宽的大枕头。妈,您就搬城里去吧。"稻他妈说:"我的芍药这就开花。"稻们拍着胸脯说:"咱移走,城里咱不是有小院嘛,就栽您老窗子前,一开花您就瞧得见。"稻他妈说:"还有我的石榴树。"稻们说:"没问题。"稻他妈说:"搬走了,见天见不着你二大娘,见不着你四婶,我没人说话。"稻们说:"早晚不是都得拆,都得走? 二大娘,四婶,一两天就搬。等安顿下来,我们哥俩请你们老姊妹一起聚。"稻他妈说:"真是放不下你们爹,感觉你们爹还在老屋里。"稻们假装生气了:"您老说胡话了吧,我爹埋北湖坟地都快四十年了。"

　　稻们在老房子里打量那些几乎是上辈子的老家什儿,床沿上的红漆都一团团地掉了,原来涂得鲜红的木头花纹现在都是木头的原色,分不清哪是花哪是叶了。搁在床头的柜子会在阳光好的秋日暗影里,自己啪啪作响,常

把稻们吓得一惊一乍。大稻用脚踢一踢年久失色的小方杌:"妈,搬新家,这些破破烂烂可都得扔,您甭不舍得。"

稻他妈说:"扔不扔,我一天在,你说不算。"

二稻说:"对,妈,他说不算。我可是听说,这老物件可值钱,有人专门来买呢。"

稻他妈说:"也不卖。"

二稻领了人来,新开的农业公园里要增办一个展馆,叫农耕博物馆,就是收集这些民间的散落的物什儿:磨盘,石臼,木杈,竹笆,八仙桌子,捻线的锤,各种各样的油灯盏,雕着花纹的老床,木头的小推车……这些东西几乎就要找不到了。

二稻脸红脖子粗地跟来人争价钱。

稻他妈对稻们说:"别争了,昨儿还不是说要扔嘛,一会儿子又要卖。再争,我把房子一起卖,一分钱也不给你们。"

过了几年,我去游览农业公园,公园里的农耕博物馆人来人往,我就在展厅的一角看到了稻他妈的小柜子、小方杌。灯光甜蜜地打在它们身上,光线里我就听到了它们的叹息。我太熟悉它们了,在我们做邻居的好多年里,快过年的时候,稻他妈就坐在这小杌上,倚着小柜子,在冰凉的屋子里,用红纸剪一些温暖的窗花。她年轻过,她老了,像雪落地。

稻他妈把它们都捐给了农耕博物馆。

那些好看的剪花没有留下来,如今,她已经去世好几年了。

夏 至

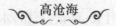

高沧海

这是一个听来的故事。

为了叙述方便,且把女主人公设置为我的大学同学,当然也可以是我的邻家姐妹,或者是我亲密的朋友,总之是给我一个可以走近她的理由吧。并且还要给她另起一个名字,听来的故事中她有很好的名字,但是为了避嫌,就叫她夏至吧。半夏生,木槿荣,我们都喜欢夏天的蓬勃。

一切要从夏至的丈夫说起。

夏至的丈夫是一名生意人,足迹遍布全国各地,在四十七岁又零十天的一个黄昏,突发脑溢血,抢救无效,客死他乡。

噩运当头,夏至第一个接到了消息。就在那天黄昏还早些时候,丈夫还和夏至通过电话,他说平安抵达,莫念。她则告诉他,妈才喝了一碗大米粥,还吃了一块甜瓜,现在正在看电视,安静安详,勿念。

妈是丈夫的妈,早年丧夫,只守着这一个独子,老来瘫痪在床。

夏至悲痛震惊之后的第一反应就是,一定要瞒住这可怜的老太太,这能要了她的命。

托了借口,处理完丈夫的身后事,夏至回家来。

夏至的样子憔悴,摇摇晃晃,精神恍惚,老太太十分诧异,说:"你这是怎么了?"

夏至抱住老太太,好一番号啕大哭。她说:"妈,你那好儿子,不要我了!"

夏至哭哭啼啼,我只替夏至讲个大概意思。夏至说,时至今日,她也不再瞒老太太了,她这几天就是在交涉这件事。她已被老太太的儿子无情地抛弃了,他嫌她年纪大了,不好看了,在外面又重新有了一个女人,重新有了一个家,那个女人至少比她年轻二十岁。

老太太激动地拍着床板:"畜生,畜生!"

老太太说:"你给那个畜生打电话,让他来见我!"

"换号了,打不通。"

"你去他那里闹!"

"说是在上海,也有说在北京,隔这样远,哪里找他去。"

老太太问夏至:"闺女,这一说,他真不要媳妇了?"夏至点头。"他也真不要妈了?"夏至再点头。

老太太哭着说:"畜生啊,白眼狼啊!"

夏至轻轻拍着老太太的背:"妈,你放心,还有我呢,你永远是我妈。"

老太太说:"权当我没养儿子了,丢人现眼!"

我去看望夏至。

夏至住在一个叫兰陵的地方。兰陵是我可以想到的最美的城市,那里有一座国家公园,从夏至的门前伸展一条柳荫大道,一直通向兰陵国家公园的北门。

夏至撩开门上的珠帘子,她转头向屋里喊:"妈,我同学来了。"

桌上是一篮洗好的蛇甜瓜,翠玉似的,老太太坐在床上招呼说:"同学,你吃,你吃。"

夏至说,老太太喜欢吃甜瓜,便以为天底下的人都喜欢吃。她声音也不压低,不怕老太太听见。说完了笑,我便接了甜瓜,不客气地吃了。

老太太目不转睛地看我,我说:"好吃,好吃。"

老太太笑了。

老太太说:"同学,你也不是外人,你认识的人里有合适的青年,介绍给夏至啊。"

夏至说:"妈,说哪里去了呀。"

老太太说:"我这老太婆年岁大了,指不定哪天就咔嚓了事,我那个儿子不顶事,就当废了没了,你说,不找一个人,夏至多孤单。"

夏至说:"妈,跟您说多少回了,哪天您老人家老了,不在了,差不多我也就退休了,我就回乡下老家。"

夏至说她的老父老母住在兰陵的乡下,小桥流水,有一大片田地,她将来可以帮着他们种菜种瓜,栽树栽花。

老太太让夏至带我去公园玩,她正好也要自个儿眯一会儿小觉。

夏至与我并排坐在公园的木椅上。夏至说,向日葵的花海还要等些时日,到时你再来。

夏至说她早上六点半起床,去小区对面早点摊上来一碗热豆浆,她可以吃下四根老油条。八点十分她出门上班,老太太床边伸手可及的木桌上,纱罩下有一碗豆浆,两根老油条,或者两个小素包,那是夏至给她捎带回来的早餐。

中午十二点,夏至回家吃饭,路上也会捎点小菜回来。白天家里雇了一位帮忙的老阿姨。蒸屉里热着馒头,馒头要热腾腾地吃才会有麦子的味道,老太太总是这样说。傍晚,老阿姨拾掇好了,老太太有时倚靠在床上,边捏花边水饺,边数算着时间,一锅水坐在炉上咕嘟咕嘟开花时,正是夏至到家。这边洗手擦脸的工夫,一群"小白鹅"已出锅,挨挨挤挤。

老阿姨这时告辞。老太太眼巴巴瞅着,夏至正吃着,牙齿一紧,吐出一粒花生仁,老太太开心地笑了:"祝我闺女事事如意,早早遇上一位好青年呀!"

我说:"这件事,就不怕不小心穿了帮,被老太太看穿?"

夏至说:"老太太年纪大了,也是稀里糊涂了。"

我说:"夏至,节哀顺变,别苦了自己,真心祝福你,遇上合适的就嫁了吧。"

夏至摇头说:"忘不了他。以后再说吧。"

我与夏至坐在一起,她憧憬着向日葵开花,或许她自己也就相信了兰陵的乡下一说。

而我从一开始就知道,哪里有什么老父老母,哪里有什么兰陵的乡下,哪里有什么一大片田地,我的同学夏至,自小就父母双亡。

粮　本

许心龙

母亲没料到眼前这台 14 英寸的黑白电视给她带来了一个很坏的消息。我看到母亲愣怔了一下，很快又触电般从藤椅里弹起，"啪"地拧了一下开关旋钮，电视就瞎了眼，没了声息。

电视报道说，从 3 月份起国家实行粮食开放政策，取消粮食定量供应。

母亲坐下，又站起，从里间衣柜里翻出我的粮本，红灿灿的粮本。

我猜想母亲当时是晕了，是全国一片大好的经济形势撞晕了母亲。

妻子忙扶住母亲，说："娘，去年冬天都有传闻说要取消'红面本'的，现在粮食丰盛，也无所谓了。"

母亲手里的粮本足有一千斤的重量，因为那上面有我和妻子两年多的粮油供应没购买呢。

"存着吧，留个纪念。"我说，"这也是咱家历史的光荣见证。"

母亲还是不能接受，眼角不时有清泪流出，喃喃自责道："真没有眼光，白白浪费了恁多粮面。"

这个红粮本在村里给母亲带来过荣耀，是一种身份的象征；带来过自豪，只需花市场一半的价钱就能购买到粮油；带来过安逸，每到月底粮油就如数打到本本上。

"那连涛的也作废了？"母亲突然问道。

连涛是我同村同学，我俩一块儿考上的师范学校。只是他现在和他媳妇在城里工作，没再教书，不像我，一棵树上吊住，还在三尺讲台上。

"那是肯定的，都作废了。"我接话道，"除非他不是中国人了。"

母亲皱了一下眉头，望望妻子，又望望我，好久才说："那连涛借咱的粮面也没有了？"

"都过去几年了，算了吧。"妻子说，"要还也早该还了。"

母亲说的是连涛借我家的粮本买了两次粮面的事情，一次是50斤，一次是100斤。连涛兄弟姊妹多，当时生活窘迫了些。

"连涛来借粮本，都是您点的头。"我笑说，"咋啦，后悔了？"

"咱娘心软，肯定会借给连涛的。"妻子说，"其他人来借，娘也会借的。"

"当时连涛来借粮本，我没想到。"母亲说，"连涛是个聪明人，我看只有他能想出这个实惠的点子。你俩是同学，我能咋说？"

"哈哈，好事做过了，就别再说其他的了。"妻子说，"说透了反而不好了。"

"唉，连涛咋是个这样的人？"母亲愤懑地说，"要知道他耍赖不还，肯定不会借给他了。"

母亲有些气愤，有些急躁。粮本作废使她失去了耐心和希望。母亲弄不懂善良咋也会受欺负。

其实，母亲早就预感到连涛不会还那150斤粮面了。那天连涛转行进城工作，携家带口的，见了我递一支烟，没提粮面的事儿。他媳妇俊梅见了我妻子，只是打个招呼，就走了。连涛明知母亲在家里，却不进我家大门。你说连涛该不该进去给我母亲招呼一声，连涛做得有些过分了吧？他唯恐我母亲问他借粮本一事。我当时心里也很复杂，有嫉妒他的念头，也有埋怨他的意思。

母亲知道连涛进城工作没给她招呼一声，当时就骂了一句："还不如狗呢,狗吃了东西还会摇摇尾巴哩!"

"混大发了才牛气冲天呢!"妻子撇撇嘴说。

还别说,连涛有头脑有点子,很快混了个副科,后来又提了个副局长。副局长自然就忙乎了,回老家的次数一年比一年少,我几乎半年没见过他的踪影。

后来,母亲竟骂他"忘恩负义"。

我嗔怪母亲说:"不就是那150斤粮面吗?您言重了吧?"

"小处才能看出一个人的品质。"妻子不满地说。妻子心里嫉恨俊梅,是俊梅的姑父给连涛转的行,让他进了县委大院。

"我家老二混得也不差呀!"母亲说,"都副校长了,书教得也好,好多人眼红呢!"

母亲这话是说给妻子听的。母亲唯恐妻子小瞧我。两个女人的心思有时是不投的。

粮本作废的那天夜里,妻子在床上低声说:"咱娘又把那粮本放衣柜里了,边放边嘟囔:'真霉气,死他个龟孙!'肯定又是诅咒连涛的。"

"唉,恐怕是对粮本作废了气不顺。"我叹一声,"母亲就这脾性,一会儿好得能把身上的肉割给你吃,一会儿气起来能骂你八辈祖宗。"

于是我嘱咐道:"今后别再提粮本和连涛了,以免惹母亲生气。"

"我才不去惹她呢!"妻子嘀咕了一句。

暑假后开学,我被任命为校长。中午放学后,我忙屁颠屁颠地往家里赶。父亲去世早,母亲操持一家是功臣,这喜讯得最先告诉母亲,慰藉母亲。一进门,我却发现俊梅在堂屋里坐着。我左顾右盼没看到连涛。

俊梅慌忙站了起来。

"连涛呢?"我不由问道。

俊梅没回答我,却低头嘤嘤地哭了起来。

原来连涛进拘留所了。

俊梅是来借钱的。俊梅说:"得用一笔钱去活动,否则连涛的工作啥的都没有了。"俊梅说着又嘤嘤地哭了起来。

妻子在一旁不说话,出这样的事情,埋怨是不顶事的。

我看看母亲,母亲眼睛红红的。母亲抬头望望我,果断地说:"手里还有多少钱? 赶紧凑好,让俊梅带走。"母亲说着擦擦要掉下的眼泪。

俊梅走后,妻子望望我,又看母亲一眼,转身进了西屋。

这时母亲说:"看到俊梅进家门了,我以为是来还粮面呢,谁知道是连涛出事了,自作自受。俊梅求到咱家门上,我不能不管,不能见死不救。"

母亲的声音不高不低,却浑厚饱满,足可以传到西屋。妻子又不聋,不会听不清楚。

我点点头,没多言语,也不知道说啥好。

"娘做得没啥可说的。"妻子在西屋说,"可这钱他们要是不还,就不是150 斤粮面的事儿了。"妻子话里明显有挖苦母亲的味道。

"先救人再说吧!"我忙打圆场说。一急一气之下,我也忘了告诉母亲我的喜讯。

没几天,连涛回来了。他面容有些憔悴,俊梅跟着,她比连涛精神点儿。连涛在椅子上坐稳后,掏出一个信封,说:"大娘,这是还那粮面的钱。"

俊梅忙说:"其实早该还了。"

"外气了吧!"母亲瞪大眼睛说,"都过去恁长时间了,再说粮本也作废了,还提个啥!"

我很是意外。

妻子也一脸惊讶。

连涛继续说:"大娘对我胜似亲娘,我今天就认您为干娘。"连涛说着就滑下椅子跪在地上,咚咚咚连磕三个响头。连涛的动作有些猛,差一点儿撞到母亲的腿上。

母亲忙拉连涛起来,连声说:"那咋好!那咋好!"

我发现俊梅眼里噙满了泪水……

后来,我单独见到连涛时问他:"那次俊梅来借钱,就不怕母亲办难看?"

连涛望我一眼,笑说:"办啥难看?咱娘就不是那样的人!"

我们那时候

许心龙

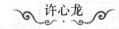

接到儿子万军让进城看电影的电话,万大娘乐了。

万大娘挂了电话,心里直嘀咕,这电视天天看,咋还看电影呢?

万大娘随口问万大伯:"你去不去? 一会儿万军回来接。"

万大伯摇摇头,说:"电视还没看够吗?"

"儿子说啥巨、巨幕……"万大娘说,"反正跟我们那时候跑着看电影不一样啦。"

"儿子刚买的新车,你也不坐坐舒服舒服?"万大娘喜滋滋地说。

"啥新车我也不稀罕,坐不好还会晕车的。"万大伯说,"还不如我的架子车坐着敞亮舒服哩。"

随着一声鸣笛,一辆黑色轿车停在了家门口。

"你爹不去看电影。他就知道一天到晚跟他那辆破架子车在一起。"万大娘瞅着明晃晃的小车说,"这车得多少钱啊?"

"十几万,分期付款。"万军说。

儿子在城里混得不错。万大娘满意地点点头。

"好了,拉着你娘去吧,我看家。"万大伯说,"我享受不了,看时间长了头疼。"

　　万大娘猫腰钻进车里，儿子忙落下车窗玻璃。万大娘兴奋地隔窗给万大伯打手势。

　　万大伯笑道："去吧，老婆子，别洋气了！"

　　"娘，我们要看的是个打仗的电影，《建国大业》。"儿子说。

　　儿子知道万大娘喜欢看电影，尤其喜欢看打仗的电影。电视上只要播放战争题材的电视剧，万大伯就别想换节目了。

　　"那好，那好。"万大娘很满意。万大娘一满意，那话题就截不住了，简直就是滔滔不绝了。万大娘说："我们那时候，就是我还没嫁过来的时候，我就满村跑着看电影了，要是听说放打仗的片子，十里八里的，也不在乎。你姥姥庄的都知道我是个疯妮子。"

　　"能看出来，您最爱看战争的片子了。"万军笑着说，"跟您性格有关。"

　　"一次，我跟俺村的穗子，俺俩年纪一般大。"万大娘继续说，"听说十里

多地远的聂庄演电影，我俩就拿着馍，喝口凉水，骑着一辆破车子赶去了。我们没敢吃夜饭，怕电影开始了。那次放的电影是……打仗打得士兵都快渴死了的那个啥？"

"《上甘岭》吧，抗美援朝题材的。"万军说。

"对，《上甘岭》，可感人了。"万大娘笑说，"那次看电影，呵呵，现在想起来还好笑呢。好笑啥哩？好笑的是电影看完了，在回来的路上，出差错了。零零星星的路上也没几个人，天上有星星，没月亮，黑灯瞎火，小路两边的玉米地里呼啦呼啦响得瘆人。"

"出啥差错了？"万军问道。

"自行车的大梁断了！"

"那咋办啊？"

"你听我说啊。"万大娘说，"我和穗子，一人扛一个车圈，走走停停，弄得满头大汗的。实在扛不动了，就推着走，跟推铁圈一样。哈哈，笑死我啦……"

万军也不由得笑了。母亲是个乐天派，母亲"那时候"的生活真有意思。

万军牵着万大娘的手缓缓走进了电影院。一个售票员瞅着万大娘，压低声说："这么大年龄的老婆婆看电影，真稀罕。"另一个售票员瞅着万军说："是人家儿子孝顺，给老人补补精神食粮呢。"

电影结束了，万军问："娘，好吧？"

"好，就是好！比我那时候跑着看电影强多了。"万大娘唏嘘着说，"我就是感到厅里有点儿闷，没有村头看电影敞亮。"

"那是露天电影，没这效果好。"万军解释说，"这是巨幕电影，环绕立体声。"

万大娘点点头。

"回家您得好好给俺爹说说，"万军说，"也让俺爹体验体验。"

万大娘坐进车里，说："让你爹体验？他除了会睡觉，没别的！"

"咋回事儿,娘?"万军边开车,边问道。

"你爹寸步不离他那破架子车,你不知道咋回事吧?"万大娘说,"那辆架子车,就是我们婚姻的见证呢。"万大娘恍若回到了从前,兴奋地说,她有一次看电影,站在外圈,个子低看不到银幕,刚好有一辆架子车在旁边,她就抬腿站在了车帮上。站在车帮上的还有一个老婆婆,车身有点儿晃动,她的脚一下落到车里面,踩着了一个人的腿,原来架子车里面还有个人睡觉呢。"这个人就是你爹,他拉着你奶奶看电影哩。"娘说。

"那后来呢?"万军刨根究底地问。

"呵呵,你爹被我踩了腿,咋呼开了。你奶奶借着电影光,瞅瞅我,说:'哦,这不是前庄的英华姑娘吗?'说着就拉我站车帮上。你爹愣了,也不再说话。后来你奶奶就托了媒人。我看你爹能拉着你奶奶看电影,说明这人孝顺。"

"你就同意了这门亲事,是吧?"万军笑说。

"我嫁过来后,你爹就拉着你奶奶和我去看电影。"万大娘说,"你爹呢,可好,那边放电影,这边他呼呼倒在车里睡觉。"

"没想到是俺爹的架子车,把你拉回了家。"万军兴奋地按响了车喇叭,"你们那时候,也够浪漫的!"

车到家门口,万军看到父亲拉着架子车从田里回来。万军发现,架子车把父亲的脊背拽弯了。

万军扶着万大娘下了车。

万大伯把架子车停放到黑色小车后面。万大伯一屁股坐在了车把上。万大娘趋步坐在了另一个车把上。

万军猛然发现眼前这一幕很有生活情调,就打开手机,拍了起来——

有崭新的小轿车,有父亲拉了一辈子的破架子车。两辆车摆在一起,对比鲜明,颇有时代意义。母亲和父亲说着话。母亲肯定在夸巨幕电影如何如何好……

走一回父亲走过的路

许心龙

刚吃过北京的早餐，我接到了妻子的电话，心里不禁一喜。妻子说她在郑州出差，忙完后可以跟我一块儿回老家。妻子算着我在北京办事的时间，才来郑州的。待我赶到郑州火车站，果然见到了妻子。站台上夏风习习，妻子的一袭白色连衣裙随风轻摆，伊人更是风姿绰约。彼时我和妻子结婚不到半年时间。

妻子递给我一瓶矿泉水，深情地说："你仔细看看这火车站吧。"

我"哦"了一声，心想一个火车站有什么好看的呢？南来北往的匆匆过客，平行延伸的无声道轨。我摇摇头，没有看出什么名堂。

"你看这道轨，"妻子手指着向东延展的明亮道轨，说，"这是咱爸铺设的呢。"

我一下子叫了起来，妻子不是说梦话吗？岳父前不久才在家乡的一个小镇供销社办了退休手续，弄不巧现在还在岳母那半亩地里除草或者在村头大树底下纳凉呢。

"走，车上说吧。"妻子坚定地说。

随着列车提速，妻子的话语也提速了。妻子说："咱爸曾在郑州火车站工作过好几年呢，他是当兵转业安置的。"妻子不无自豪地说："咱爸要是干

到现在,肯定在郑州也有房子了。"妻子望一眼窗外,继续说:"我四岁那年,一天家里来了个男人,天黑了也不走,我就抱着妈的腿,嘟囔着让他滚,滚得越远越好。妈抚摸着我的头发说:'这是你爸呀,你咋能赶他走呢?你爸从郑州赶回来的。小妮子,你吃的那奶糖不甜吗?'"

"咱爸在郑州火车站上班,不经常回来,是吧?"我问道。

妻子点点头,她说很少见爸爸的面,不过后来就回来得勤了,十天半月的就回来一次。

"那是咋回事?"我问道。

"妈妈病了,犯的是那种医学上不好下结论的病,发作了人就过去了,没了气息,掐人中,打脚底板,人又复活了。"妻子说,"吓死个人。"

车到了一个小站,停了几分钟,又启动了。妻子的讲述也稍作停顿,又继续说,她五岁那年随着妈妈来过一次郑州,记得火车站比现在简陋,也没有恁多人,还记得爸爸买的奶糖可甜可香了。

"一天夜里,"妻子望着我说,"我听见爸爸和奶奶说话,奶奶说:'你工作咋办?好不容易弄个饭碗,就这么丢了?'爸爸解释说不是丢饭碗,是换一个离家近的地方工作。奶奶重重地叹了一口气。"妻子的脸色有些凝重,继续说:"爸爸下定决心要离妈妈近些,就想方设法托人把工作往商丘火车站调。领导不同意,后来听爸爸说他急得给领导拍了桌子。领导还是不放爸爸走,就派人专程赶到老家调查,看到妈妈的病情,来调查的人落了泪。领导听了实情汇报,就同意了爸爸的要求,还给了一些照顾,只是那个领导反复摇头,惋惜爸爸的前程。"

我叹一声,搂紧了妻子的肩膀。"爸回咱商丘了,那咋又在镇供销社退的休?"我很是困惑不解。

"妈妈犯病越来越频繁,爸爸背着奶奶又把工作调回了镇供销社,当起了营业员。"妻子说,"奶奶指着爸爸的鼻子,骂爸爸没出息,说:'别人是往上混,你呢可好,是往下拉稀!'就听爸爸吼道:'娘,这不是拉稀不拉稀的事!'

其实,爸爸心里比谁都难受。"

这时,喇叭里响起了女播音员不太标准的普通话:"各位旅客请注意,商丘站就要到了,有下车的旅客请携带好您的行李,准备下车。"

下车后,妻子示意我在车站前留影。妻子请人用她的手机给我俩拍了几张照片。妻子特意嘱咐,一定要把背后"商丘"那俩大字拍清晰。

坐上长途客车,我们朝县城而去。车上,我小声问妻子:"妈妈现在身体也看不出啥毛病呀?"妻子笑笑:"也就是奇怪,自从爸爸回到她身边后,那病就很少犯了。"

我把头仰靠在座椅上,下意识地闭目琢磨,爸爸从省会郑州,到省辖市商丘,又回到老家小镇,是从高处向低处走,而这个无形的年龄却不会从高处空降到低处,现实是爸爸的一头青丝换成了一头白发。我感觉像做梦一样。

睡意蒙眬中,我又听到妻子说镇供销社不景气,有几年工资都发不上,爸爸只好回家种地。时间轮回,爸爸有了回报,补交了养老保险金。爸爸用第一个月的退休工资,买了辆电动三轮车,农忙时拉拉粮食,得闲了拉着妈妈赶集上店。

爸爸妈妈还生活在老家。下了长途客车,恰巧有一班乡村客运班车,我和妻子就乘班车朝老家奔去。颠簸的客车上,我突然想到,爸爸不就是像我

们今天一样，一站一站地回到妈妈身边的吗？夏日乡村的傍晚凉意渐浓。爸爸果然在浓荫碧绿的棉花地里逮虫，肩上还搭着一条蓝毛巾。妈妈手里捏着一个棉花权枝，迎上来。妻子打开手机，兴奋地让妈妈看我们的车站合影。妈妈看着看着抿嘴笑了。一旁的爸爸发现我和妻子身后醒目的"商丘"俩大字，脱口说："我还在这地方工作过一年多呢！"我注意到一旁的老妈连点了几次花白的头，还瞅着爸爸说："是我连累了你爸，害得他跟我在棉花地里逮虫。"

"哈哈，一家人说起了两家话！"爸爸望着我笑说。

从田里回到家里，我留意到了镜框里爸爸穿铁路工装的几张黑白照片，还有抽屉里的几本荣誉证书。拿着蒙尘的红色证书，我内心涌起一阵阵自豪，自豪妻子带我荣幸地走了一回父亲走过的路。

我要把你焊在身边

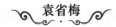
袁省梅

下班了,人们到更衣室换衣服时,发现窗台上放着一幅画,白如雪的钢板上,用黑的细铁丝焊了个推自行车的女孩子。女孩一双大眼睛笑意盈盈,弯弯的、长长的黑发,似乎有一点儿风就会飘起来。人们指着车轮上的辐条,都说跟用笔画上去的一样,整齐,端直,一根是一根的。

张师傅端着个大茶缸子过来了,站在钢板的左边看看,又站在钢板的右边看看,耸耸鼻子,嘿地笑了一声:"真尿性!"嘿地又是一声:"真尿性啊小俊!"

常小俊只嘿嘿地笑,不说话。

赵洪武从人群里挤了过来,连声怨怪张师傅没个好话。赵洪武说:"人家这是艺术品,从您老人家嘴里出来咋就带上了一股子尿臊味儿?"张师傅笑道:"您懂个屁,俺们东北人说谁尿性,是夸谁厉害。"赵洪武讪讪地笑,扭脸对常小俊说:"职工艺术节快到了,到时咱把这幅画送去参赛,肯定能得个一等奖。"赵洪武以前也是焊工,后来坐到了车间办公室,成了车间通讯员。常小俊的这幅铁丝人像作品,他想好好写写,他说:"争取在《工人日报》上发表。"他心说:"要是能在大报上发表,我就找领导调到厂办去。"题目他都想好了:《巧手绣钢铁,丹心焊春秋》《绣针行走钢铁,焊条饰成梦想》。他问小

俊："哪个好?"小俊牙缝里挤出个"切",乜了他一眼,骂他夸大其词、虚张声势,扭头就走。赵洪武却不让他走,说是要采访他。

常小俊说:"拉倒吧,我可不想当劳模。"一闪身走了。

采访不成,赵洪武急了,他把铁丝画抱走了。他心说:"我把你的画拿走,看你找不找我。"

赵洪武抱着画,路过女工休息室时看门开着就进去了。他找小米去了。小米正和欢子、阿平在手机淘宝里逛,没理赵洪武。怎么说呢? 虽然这个赵洪武说话做事虚头巴脑的,可没有坏心眼,家境也不错,听说他父母在城里已经给他买了房子。小米自问,可自己咋看他不顺眼呢? 姐妹们都说她是鬼迷心窍,劝她不要迷失方向,要现实,要择优。然而她怎么就放不下常小俊呢? 说到底,她和常小俊在一起,就觉得有说不完的话,况且,小俊喜欢的徒步旅行、摄影,也都是她喜欢的。小米记得很清楚,常小俊第一次约她出去玩儿,就带她去了茶馆。那天,茶馆里的小舞台上正在唱蒲剧。她真的非常开心,身边的朋友几乎没有一个人喜欢这些哼哼唧唧的戏剧,每次去看戏都是她自己一个人。她不知道常小俊是为了迎合她还是真的也喜欢看戏。她没有问。有的是大把的日子,不急。然而那次以后,每天常小俊都说要加班,再没找过她,看戏,更是别提了。虽说天天聊微信、打电话,有时也给她微信里发个蒲剧视频,可这些,能跟两个人在一起一样吗? 小米知道常小俊他们忙着抢修大窑,可再忙,连见个面的时间都没有吗? 想起常小俊,小米是又气又喜欢,还是舍不得啊!

欢子用胳膊碰碰小米,努努嘴:"送礼物来了。"

阿平看见赵洪武怀里的钢板,骂赵洪武:"送这么个破玩意儿就把小米打发了? 哪有生日不送鲜花的?"

赵洪武愣了一下,转眼就嘻嘻笑,骂阿平心急,说:"鲜花有的是,你们见过这个稀罕物?"说笑着,就把铁丝画摆到女孩们的眼前。

几乎是同时,两个女孩尖叫了起来。她们一左一右地摇着小米,说:"小

米快看啊,这不是你吗?"欢子说:"你看这发型这眉眼,多像呀!"阿平立即说:"左脸蛋上的痣也焊上了啊!"画中女孩的左脸蛋上焊了如针尖大小的一点儿铁丝,远看,真的像是女孩脸上的痣。

小米看见了。小米脸上的欢喜如春风般荡漾开来,暗骂:"这个憨货还真焊成了呀!"那天在锅炉车间,张师傅说:"小俊啊,别看你把薄如纸的钢板都能焊住,得这荣誉得那奖项的,我觉得都没个啥,你要是能把小米焊在你身边,我才佩服你。"

赵洪武看懂小米的心思了。赵洪武已经后悔把画拿给小米了。赵洪武对小米说:"下班了请你看电影《芳华》,好看哩!"

小米淡淡一笑:"对不起啊我还有事。"

赵洪武扭身走时,欢子喊他拿上他的画,赵洪武没有回头。

小米看着画,说:"这不是他的。"

欢子和阿平回家了,小米没走。她坐在桌前,看着画,等常小俊。

寒风中的柿子

袁省梅

老瓦头正在树下吃软柿子时,老牛过来了。

老瓦头指着柿子树嗫嚅道:"捡的,树下捡的。"心里呢,直骂自己嘴长,吃人家的柿子。柿子树是老牛家地里的。昨天,他和老牛因为一把豆角吵了一架。昨天一早起来,老瓦头想摘些豆角吃。深秋了,墙脚下种的几棵豆角长得旺,紫色的碎花也一串串开得旺,豆角呢,也挨挨挤挤地结了不少。他踩着凳子还没摘下一根,倒是看见豆角藤长得翻过了墙头,在墙那边垂下好长。他把豆角藤拽上来,一条一条看了,没有看到一根豆角。这就让他生气了,他张嘴就骂开了:"嘴头子拉到地上了,偷吃我豆角……"老牛在家里听见了,自然也不示弱。两个老汉,一个墙这边,一个墙那边,吵开了。

老瓦头手里举半个柿子,不知道该吃还是该扔,不好意思地说:"真是捡的。"

老牛像是忘了昨天的事,站在堤堰上问他:"有软柿子吗?"说着,就跳到地里,扯着树枝摘了个软柿子,吸溜吸溜地吃,吃完了,揪了片树叶子擦擦手,说:"上树也没事,只要不把你这老腰老腿摔了。"

老瓦头嘿嘿笑,见老牛不跟他吵,指着满地柿子说:"可惜了,这么好的柿子。南门前我那棵柿子树,一年也不少下柿子,酿醋,旋柿饼……"

　　说起酿醋、旋柿饼，两个老汉的话稠得跟树上的叶子一样。第一场霜降后，羊凹岭人把柿子收回酿醋、旋柿饼。旋好的柿饼晒蔫儿、收霜，然后捂在瓦瓮里，到了大年，拿出来待客，雪白的柿饼捡一盘，很喜人。柿子醋呢，羊凹岭人都爱吃。凉拌菜，离不了柿子醋提味儿。吃面条更是离不了，锅里点几滴，饭像是被醋"嘭"地点亮了般，有味儿了，香了。然而，那一年，老瓦头的那片地被征走建了厂子。地没了，柿子树自然也没了。这些年，要酿醋、要旋柿饼，他就买柿子。

　　老瓦头说："哪能想到吃了几辈子的柿子醋，吃不上了！"

　　老牛说："咱老了，年轻人正满世界奔着挣钱哩。"

　　老瓦头说："咱那柿饼，多筋道！多甜！怕再多的钱，也买不下那些好东西了。"

　　老牛说："你看我这一树的柿子多繁，你不摘，由着风吹雨淋的烂掉坏

掉，多可惜啊！你要不嫌麻烦，就收回去。"

老瓦头说："你不要？"

老牛说："我就是弄回去，给哪个吃？媳妇娃娃常年不回来。"

老瓦头说："那我收回去酿醋，咱两家吃。"

老牛说："吃不上了，二娃叫我去县上帮他看摊子哩。"

老瓦头兴冲冲地往回走，觉得老牛这人真不赖，自己为一把豆角骂人家，真是不该。老瓦头回到屋里喊老婆去下柿子。屋里没有人。老瓦头嘟囔着，不等老婆回来，自顾自地扯了个编织袋，扛着竹竿，去地里了。

低处的柿子摘完了，高处还有半树，举着棍子够不着。怎么办呢？一颗柿子老瓦头也不舍得丢下。他把棍子靠在树枝上，纵身一跳，两只黑瘦的手像两只铁爪一样抓紧了两根斜枝，两腿一缩，爬上了树。手攀着枝条，站在树杈上，一抬头看到一枝好柿子。那枝的柿子真繁啊，个个都是大个儿，圆润，饱满，在阳光下泛着油红黄亮的光。老瓦头抓着棍子，把左脚蹬牢靠，右脚小心地踩在一根横枝上。横枝是个干枝，一踩，使劲儿晃。可他没在意，他想，枝条没有那么脆吧。就是枝条断了，他还可以换个地方踩到旁边的枝条上去。以前，整整一棵树的柿子，还不是自己上树给下的？然而，他刚站直身子，棍子还没有举起来，就听到脚下咔嚓一声，身子一歪，要跌落时，拽了眼前的一根枝条。枝条太细了，他一用力，也断了。

老瓦头爬起来时，手里还抓着那根细条子，气得他甩了条子，可笑地骂："你细溜溜的，是柿子枝还是麦秆子呢？"找棍子，看见棍子在树枝上挂着，晃晃悠悠的，像在看他的笑话。他又骂棍子不救他。老瓦头拍拍手，蹬着树干再上树时，腿疼得迈不开步子，腰也疼了起来。这就让老瓦头更生气了。柿子没摘下几颗，倒把自己伤了。他想喊个人把自己搀回去，麦地里，花喜鹊倒不少，一群一伙地蹦跳着找虫子吃，就是不见一个人影子。

老瓦头忍着痛，拄着棍子回去，躺到炕上，腰好像断了一样，越发地疼开了。老婆回来了，老瓦头叫她去把摘下的柿子拿回来。老婆提回来一小袋柿子,摆在窗台上。老瓦头说:"就那几个?"老婆说:"你当我是小伙子,给你扛一袋子回来啊!"

伤筋动骨一百天。立冬过去了,小雪也过去了,眼看就要大雪了,老瓦头躺在炕上起不来。老瓦头惦记那一树柿子,心想,鸟雀子啄,风吹日晒的,树上也不会剩下几颗了。这天天气晴好,他胳膊下架了拐杖,一拐一拐地踅到地里,见枝头上果然稀稀拉拉地挑着几个红柿子,他就扭脸回去了。他隔着墙喊老牛。老牛的院子静静的。

出来吧，我看见你了

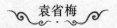

袁省梅

牛眼说："今天玩啥呢？"

二毛说："玩打仗吧。我都叠了好几把手枪了。"

地瓜、窝窝也要玩打仗。他们说："帽子一戴，腰带一扎，威风！"

这个寒假里，这帮小子可是没少玩打仗。一本一本用过的课本，从家里偷出来，小心地把一页页撕开，三折两叠就叠成了手枪、冲锋枪、帽子和腰带。

牛眼听他们说要玩打仗，就龇着大牙笑得脸都歪了，嘴上的白气呼噜噜跑出一串，他指着二毛说："你的枪松垮垮的，跟二妞的黄毛辫子一样，能打仗？我看你只能当俘虏。"

二毛吸溜着鼻涕，脖子拧来拧去，不服气地翻着白眼说："我才不当俘虏哩，要玩，你借我个手枪。"二毛早就眼馋牛眼叠的枪了。牛眼叠的无论是手枪还是冲锋枪，无论是单管的还是双管的，都好，既紧实又硬朗，玩好多天都不会散。

牛眼说："先玩捉迷藏，你找见我了，就给你。"

地瓜、窝窝都想要牛眼的枪，他们急得都说要跟牛眼玩捉迷藏。

牛眼说："哪个找见我，我就给哪个一把枪。"

二毛欢喜地吸溜着鼻涕,抓住牛眼的手说:"我要冲锋枪!"

牛眼说:"好!"

二毛说:"说话算话。"

牛眼甩开他的手,不屑地乜他一眼:"我像你?说话跟放屁一样不算话。"

地瓜说:"那我们一起找见你呢?"

牛眼斜了地瓜一眼,伸出一根手指:"一人一把。"

地瓜看牛眼傲骄的样子,担心牛眼耍赖,伸出手要跟他拉钩儿。

牛眼却不拉钩儿,他说:"你们要找不见我了咋办?"

地瓜说:"给你十根硬柴。"

牛眼说:"不行,你们当马一人背我跑一圈儿。"

地瓜不愿意背他跑。牛眼高、胖,背着他跑不了几步就累得要趴下。而且,牛眼在他们的背上也不会老实待着,他们跑得慢一点儿,他就会两脚击打他们的大腿,两手拽他们的耳朵,嗷嗷地吼着,催他们快点儿再快点儿。可是,他想今天他们这么多人,咋也能找到一个牛眼吧。他实在是太想要一把牛眼的枪了。地瓜他们背着身、捂着眼睛,还没数到三,就听不见牛眼的

脚步声了。

牛眼藏起来了。

二毛和地瓜找了麦秸垛、仓库角，打麦场边上二妞家的猪圈和茅厕也没有放过——猪圈里只有一头黑猪，臭烘烘的茅厕里也没有牛眼。他们都找累了，也不见牛眼的影子。他们靠在麦秸垛上，商量再去哪儿找。二毛说："我看他肯定在槐树上躲着。"他们真的跑去场院边的槐树上找了，然而还是没有。

牛眼呢，就藏在他们身后的麦秸垛里。麦秸垛里有一个很深的洞，是牛眼昨晚就挖好的。二毛、地瓜的脚步声，还有说话声、喘气声就在他的眼前耳边，他紧张得要命。他担心他们会找着他。牛眼怎么能让人找见呢？他是他们的队长，是王，是司令。他不允许自己输给他们。他必须赢。牛眼就屏住呼吸，一动不动，自己似乎变成了一根麦秸秆、一颗麦子、一粒尘埃。他专注地倾听着外面的声音。

地瓜叫二毛他们到马圈里找去了，他悄悄藏在麦秸垛边，蹑手蹑脚地找寻牛眼。该找的地方都找了，他能藏到哪儿去呢？地瓜确定牛眼就在麦秸垛里。果然，在二毛他们跑远了后，地瓜听见了麦秸垛里窸窸窣窣的声音，谨慎，小心，很警惕似的。地瓜乐了。他相信牛眼就在麦秸垛里藏着，却没有动一根麦秸，等二毛他们回来后，他也没有跟他们说。他是想起以前他们驮牛眼跑时，牛眼一点儿也不留情，像是真的骑在了马背上一样，很兴奋，很趷扈。他不愿意做牛眼的马了。牛眼叠的枪再好，他也不想要了。

地瓜说："算了算了，不找了，每次玩都是他赢，真没意思，咱们几个玩吧。"

二毛几个也觉得找得没意思了。他们就在打麦场上玩起了"我们要求一个人"，玩起了"跑城"。他们的欢笑声、打闹声，一声不落地钻进了圪蹴在麦秸垛里的牛眼的耳朵。牛眼急了。

牛眼故意地在麦秸垛里踏脚、扯麦秸秆，闹出了很大的声响。他想他们若是听见声音,就会循声找过来,哪怕是他们咋咋呼呼地大喊一声:"出来吧牛眼,我们看见你了。"他也会从麦秸垛里钻出来。他想,这次他出来不叫他们驮他跑,还会给他们每人一把枪,他们要玩啥他就跟他们玩啥。可是,时间流逝,风吹云散,没有一个人来找他。牛眼从麦秸垛里听了出来,他们玩得热气腾腾,他们把他们的头儿、王、队长给忘了,牛眼突然觉得失落、孤独。牛眼想哭了。牛眼真的哭了起来。

牛眼坐在麦秸垛里哇哇大哭,他的哭声很响亮,也绝望、委屈,地动山摇般。

麦秸秆受了惊吓般呼啦啦塌陷了一大块。

地瓜听见了牛眼的哭声,扭脸见牛眼像个熊一样,从麦秸垛里钻了出来,头上顶着麦秸,身上挂着麦秸,脚上粘着麦秸,走一路,麦秸哗哗啦啦掉一路。他指着牛眼哈哈大笑,眼看着牛眼噘着嘴从他们跟前走了过去,他也没叫一声。二毛要叫牛眼跟他们一起玩,地瓜不让。地瓜说:"刚才你输了,该你背我跑了。"

牛眼走到场院边停了下来,他远远地看着地瓜指挥他们玩,看着二毛背着地瓜,跑得颠儿颠儿地。

走一回父亲走过的路

窗　口

七·戒

20世纪90年代初,我刚到瓦房店机务段上班,在火车头上当副司机。要拿到火车驾驶证,必须从副司机干起。师傅姓宫,满脸疙瘩,金鱼眼。那一年他刚40岁,正是龙精虎猛的年龄。他个头不高,但身体素质极好,年轻时练过武术,无论冬夏,都爱穿一双干干净净的白球鞋。

当年我们驾驶的是美国产的 ND5 型内燃机车,马力大,速度快,干净舒适。宫师傅对我说:"你小子运气好,赶上了好时代,没上蒸汽机车干。蒸汽机车白天冒烟,晚上喷火,靠烧锅炉提供动力,条件很差,牵引力也小。你好好干吧,珍惜机会,早点儿拿到驾驶证。"

跟宫师傅干了半年,就遇到一次事故。那是一个冬天的凌晨,天降大雾,能见度非常低。我们的列车接近石河子车站时,忽然看见前方30米处有一个人背对我们在铁道中间走。宫师傅立刻对我大喊:"停车! 下闸!"来不及思索,我立刻按师傅的指令做。火车的重量大,我们那一列车的重量是三千多吨,下闸后列车不能短时间停下来。就听见"砰"的一声闷响,我们知道那个人性命不保,但毫无办法。列车在下闸后依旧跑出几百米才缓缓停下。我们带着手电,下车沿着铁道向后搜寻。那人的尸体被我们从车轮下拖出来,放在路基旁。宫师傅打着手电把散落在别处的残腿断脚收拾回来,然后找来一些干草把尸体盖上。我们回到车上，驾车继续前行，用车载电话通知车站公安去处理。有关部门会跟死者家属联系。宫师傅对我说："你是第一次碰到这种事，唉，我都习惯了。"

宫师傅工作很敬业，特勤快认真，从来不无故旷工。其他火车司机如果有啥事，出不了车，找他替班，他也从不推辞。有人说："老宫这人缺钱啊。"还有人问我："你师傅没跟你借钱吗？"我说："没有啊。""没有？嗯，快了。"

果不其然，宫师傅开始跟我借钱了。第一次借50元，承诺下个月开工资还。下个月开工资后，他不提还钱的事，我也不好意思索要。半个月后，宫师傅又向我借钱，借100元，并承诺以后150元一起还。后来宫师傅依旧没有还钱，当然他也不好意思再向我开口借钱。

在大连火车站和瓦房店火车站之间，有一个普兰店火车站。宫师傅的家就在普兰店火车站北面铁道旁的一座楼上。宫师傅住四楼。每一次我们的列车向北行驶经过普兰店火车站时，宫师傅就会打开驾驶室侧面的窗户，探出脑袋，有规律地拉响风笛。当列车呼啸着从宫师傅家所在那座楼的楼下经过时，四楼的一个窗口就会探出一个女人的半个身子，冲着列车摆手。宫师傅也会冲女人摆手。宫师傅对我说："那是你师母，你叫嫂子也行。"我说："挺漂亮，师傅行啊。"他嘿嘿一笑说："年轻时漂亮，现在不行了。"列车经过普兰店车站后，再过20分钟就会到达瓦房店车站。我们会在瓦房店车站下班。宫师傅就抓紧时间赶回普兰店车站，见他的漂亮老婆。

宫师傅不但借我的钱没还，还借过其他许多同事的钱，也没还。借钱不还，再借就困难了。车队领导找宫师傅谈话，问他是不是家里有困难。宫师傅说："没有啊，请领导放心，我欠的账一定瞎不了。"

1995年，宫师傅的妻子过世。她患乳腺癌三年，手术、化疗、吃中药，花费很多钱，最后还是无法活命。在葬礼上，车队长握住宫师傅的手说："你家有困难为何不说？车队会帮你啊！"宫师傅说："谢谢，我自己能行……"以后，当我们的列车再向北行驶，经过普兰店车站时，宫师傅就不再拉响风笛，更不会打开侧窗探出脑袋。他一声不吭，只目视前方，有时泪水会突然涌出眼眶。那个期盼他回家的人，再也不会在自家四楼的窗口出现。

家里没有病人，花销正常了，宫师傅陆续把外债都还清了。1996年初冬，宫师傅病倒，住院了。有人说："宫师傅的病怕不是好病，弄不好是肝癌。"我说："不可能，宫师傅身体素质好着呢。"两个多月后，宫师傅重返工作岗位，人瘦了很多，脸色灰暗。有人对宫师傅说："老宫，病好了？有人说你得肝癌了，真能造谣。"宫师傅说："好了，只是小病一场，不碍事。"

坚持了一个多月，宫师傅再次休病假，住院治疗。他再也没有回到工作岗位。他葬礼的那天，虽然立春已过，天依旧阴冷阴冷的。他读初中的女儿哭得几次晕倒在地。

后来，我驾驶着列车每次向北经过普兰店车站时，都要扭头望一望宫师傅家的那个窗口。那个窗口一直紧闭。如果在节假日，在夜里，当灯火亮起来的时候，整座楼都沐浴在光海中，每一个窗口都透着或祥和或明丽的光晕，唯有宫师傅家四楼的那个窗口一直黑着，像一个黑色方块，嵌进一片明亮的人间烟火中。

转眼过了十年，我已经渐渐忘记了宫师傅家的窗口，也忘记了他这个人。一天黄昏，我再次驾驶列车向北经过普兰店车站，在宫师傅家楼下，不经意地扭头望去，透过司机室侧面的窗子，我看见宫师傅家四楼的那个窗口透出了橘红色的光来，一个大大的红色"囍"字占据了窗口的中央……

河　神

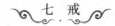

七·戒

故乡的复州河发源于老帽山,自东向西,流向西北海。流经地有一个叫汤家沟的村子,那是我的故乡。河水在村子南边与平台山足部的一组岩石群相遇,激荡起来,形成巨大的回旋,在河底造出几处深坑。最深的一个大坑,河水绿中透蓝,深不可测,村里老人叫它"老鳖罄",意思是那里是老鳖精居住的洞穴。

汤家沟村沿河而居,最靠近河边的一户人家姓曲,当家的叫曲德云,长得人高马大,饭量大,据说一顿饭能喝一小盆鱼汤。他肚子因而撑得特别大,就像一个孕妇,村里人便送他一个外号,叫"曲大肚子",简称"曲肚子"。他 1907 年生人,祖籍河北,说话总是慢吞吞的,性子也慢,好像火上了房子也不会着急。就是在生孩子这件事上,尽管古人说"不孝有三,无后为大",曲肚子好像也不着急。快五十了,其妇人才开怀,一连为曲肚子生了俩儿子,然后用曲肚子的话说就是"住左"了。"住左"是方言,一般指母鸡不再下蛋了。

我父亲读小学三年级时,没事总爱和小伙伴们去曲肚子家玩,听他讲故事。他家离大河也就百米左右远,背靠一座小小山,门前的大柳树需要两个大人联手才可以环抱。小山有个奇怪的名字,叫"后腚坐",山不高,草木茂

盛,东面有梯田,一圈一圈的,很好看。

曲肚子有一肚子故事,斗大的字却不认识一个。他说,小时候,给地主家放牛,捞不着读书。因为未成年,只能拿成人一半的工钱。他会几句外语,当然不会写,就会说。曲肚子会几句外语和他的经历有关。他十八岁那年,独自去了大连,拉黄包车,靠着偷学的几句半生不熟的日语,居然有了一些日本客户。曲肚子在大连干了几年,攒下一些钱,看到时局不好,就奉父母命,回家成亲了。他说:"那时候要干大事有很多机会,还是胆小,回家了,唉!"

1958年,我们那里兴修东风水库。土法上马,人海战术,以失败收场,留下满目不堪的风景。1960年夏季,我父亲十三岁。一日,酷暑难当,他便一人下河洗澡。他水性一般,就会点儿狗刨,水深的地方是不敢去的。可是,不知哪来的一股急流,把他向老鳖磐的方向冲去。本来他就对那地方有几分恐惧,再加上水性差,慌乱间喊了两声,就沉入水底,喝了几口水,心想这回可完蛋了。迷迷糊糊间,感觉一双大手把他托起来,很快他的脑袋就露出了水面。救我父亲的不是别人,正是曲肚子。曲肚子在大柳树下睡觉,听到有人喊救命,就飞奔过去,一个猛子扎下去,救了我父亲。曲肚子把我父亲拖上岸,见其肚子喝水喝得鼓起来,哈哈大笑,说:"我是大肚子,你是小大肚子。"他把我父亲送回家,没进屋坐,转身挺着大肚子慢慢走了。

曲肚子的水性好,那是远近闻名的,因而他还有另一个外号,叫"河神"。他肚子大,在陆地慢腾腾,一到水里,就凶猛如海狮。他会蛙泳,也会踩水。不管多深的水,他下水后站直身体,高举双手,水始终在他肚脐眼附近。他也会潜水,从河底想捞啥就捞啥。

曲肚子喜欢小孩子,但他并不好热闹,没事从来不去别人家串门儿,很少和成年人唠嗑,扯淡。没事时他就坐在大柳树下抽旱烟。烟袋杆子很长,上面挂一个装旱烟的布口袋。他闭目吸烟,嘴一张就吐出一串青蓝的烟圈儿,舒服得像神仙一样。烟圈儿袅袅,缓缓腾空而去。我父亲羡慕他吐烟圈

儿的本领，曾专门拜他为师，要学。曲肚子说："不学主席语录，学吐烟圈儿，不教。"

曲肚子一袋烟抽完，精神大增，往往就会给孩子讲故事。

他说："这大河两岸哪，以前都是高大的杨树，近两年都被砍光了，败家啊！年轻时，我水性就好，每日下河抓鱼摸虾，收获满满。一日，我下河捉了一条五斤重的鲤鱼和一只四斤多的鳖，中午回家杀了，炖了，在院子里摆桌下酒。正喝得起劲儿，晕晕乎乎的，看见从大门外进来一个白胡子老者。我问来人姓啥，从哪里来，到哪里去。他只说：'姓归，从来处来，到该去的地方去，口渴，讨一碗水喝。'我说：'喝水有啥意思？坐着，陪我喝酒。'老者也没客气，在对面坐下，与我对饮起来。他不吃鱼鳖，只喝酒。一斤左右小烧白酒喝完，他起身作揖，道声谢，转身告辞离去。他一个老者，我怕他喝醉，跌坏了多不好，就起身在后面跟着他。老者一步三晃，一直往河边走。到了河边，人影一闪，失去踪迹。我十分纳闷儿，在河滩四处寻找。在老鳖礁附近，河边一块大石头上，一只比锅盖还要大的老鳖趴在上面一动不动。要不是酒后胆子大，我一定会吓得尿裤子。这么大个头的鳖，第一次见。我走近一些，闻到老鳖嘴里一股酒气。我一下明白了，转身急急往家里跑。半路碰见大哥，他见我脸色不对，就问我怎么回事，我把看见老鳖精的事说了。他不信，拉着我硬要到河边看个究竟。我俩回到河边，哪里还有什么老鳖精？大哥说：'你就骗我吧！'"

有人问曲肚子，后来老鳖精怎样了。他说："两年前我第二次看见了那白胡子老者。老者说：'我要走了，一直向西，到大海去，不再回来了。'"

1970年，我父亲已经是壮劳力了，已结完婚，在生产队当果树技术员。秋天苹果收完，负责看护苹果场。没事的时候，我父亲就抽空去曲肚子爷爷那里坐坐。救命之恩嘛。有时我父亲会偷偷地在怀里揣两个苹果给他。他很高兴。我父亲问曲肚子："肚子为何比以前小多了？"他说："吃不饱，饿回去了。""你还去河里抓鱼摸虾吗？"他说："就剩点儿小鱼小虾，没意思喽。"

1972年秋季，曲大肚子死了，带走了他讲不完的故事。他死后，河水年年枯减，越来越浑浊肮脏，下河洗澡起一身疙瘩，痒死人。后来，老鳖磬被泥沙淤积，已经和河道平齐了。1976年，东风水库第二次修建，未成。1993年工程重新上马，1994年大坝合龙。我们村是淹迁区，我们举家迁移，告别了故乡。

二哥小吃部

七·戒

苏家屯铁路行车公寓主要是接待货运火车司机的。司机们来自本溪、吉林、长春、梅河口、瓦房店等地。我那时候还担任货运列车司机，跑的线路是瓦房店到苏家屯，每周要跑两个往返。

公寓的伙食不太理想，还不让喝酒，很多司机都出去吃饭。出公寓大门左转，直行百米左右，遇路口再左转，有一个四季拉面馆，是个开了几十年的老店，拉面味道纯正，还有秘制的风味酱骨，更是一绝。四季拉面馆的老板是个年近七十的老太太，姓张，带着两个下岗的女儿一起经营。风味酱骨的绝密配方只有张老太自己知道，不传外人。紧挨着四季拉面馆还有一家小饭店，叫二哥小吃部。四季拉面馆不经营早餐，二哥小吃部只经营早餐，我们这些司机要吃早餐，就常去二哥小吃部。

二哥自然是二哥小吃部的老板，不但是老板，还是店小二兼厨师。店面不大，只有两间旧式瓦房，和四季拉面馆的房子是连在一起的。除去厨房，放三张方桌店里就满了。二哥并不年轻，也是快七十岁的人了，但是习惯了，大家都叫他二哥，就连我们这些年轻人也跟着叫二哥。二哥的店里只卖两种吃食，一种是吊炉饼，一种是鸡蛋糕。二哥说："我这吊炉饼，我这吊炉饼啊，我跟你说，是正宗的杨家吊炉饼。杨家吊炉饼你们知道不？祖师爷是

杨玉田，1908年在吉林闯出牌子，1950年，杨玉田的儿子杨善修把店铺迁到沈阳，食客排队买饼，还不一定能买到。跟你们说，在苏家屯这地方，俺的吊炉饼绝对是头一号。"

二哥的吊炉饼正宗不正宗我们不知道，作为食客，好吃就中。二哥做吊炉饼，用盐水和面。这里面水温和盐量的控制有很大学问，必须根据季节的不同调整，差一点儿味道就不对。二哥烤出的吊炉饼，色如虎皮，外焦里嫩，有型有款有层次，越嚼越香，供不应求。二哥每天只做一百张饼，有人就劝二哥增加产量，二哥说："我一个土埋脖颈儿的人，一人吃饱全家不饿，扯那个犊子干啥呀！"二哥蒸的鸡蛋糕也是一绝，用打散的笨鸡蛋加水搅匀，上屉蒸熟后浇上糕卤，撒上点鸡肉丝，佐以辣椒油和蒜泥，糕嫩卤鲜，清香可口，味美至极。用二哥的话说就是："你吃吧，割你耳朵都不知道疼。"

二哥的一条腿有残疾，走路一颠一颠的。有人问二哥："腿是怎么瘸的呢？"二哥说："年轻时好赌钱，欠了赌债，还不上，被人打瘸的。"二哥会唱二人转，心情好时会哼几句，倒也有点儿味道："雄鸡下的蛋我要八个，雪花儿晒干我要二斤，要你茶盘大的金刚钻，天鹅羽毛织毛巾……"赵本山的小品《卖拐》大火之后，也有食客爱拿二哥逗闷子，在二哥饼卖光有了空之后，经常让二哥"走两步"。"走两步？走两步，咱就走两步。"二哥就起身，一颠一颠地模仿小品《卖拐》里的范伟，欢快地走上几步，于是店里就充满了快活的气氛，颇有鲁迅笔下咸亨酒店的气氛。不过二哥文化浅，自然不会知道孔乙己阁下是哪位大侠。

二哥的邻居四季拉面馆只卖中餐晚餐，二哥只卖早餐，两家店倒也没矛盾，井水不犯河水，但也从来没有来往。二哥的饼卖完后就接近九点了，收拾收拾，有空再和熟人闲扯一阵子，天就晌午了。一天，二哥对一个老食客老吴说："兄弟，你去四季拉面馆给我买一碗拉面和一盘酱骨，可好？"老吴说："你自己去买不行啊？"二哥说："这三十年，你啥时候看见我去过？"老食客一愣怔，接着好像明白了什么，就不太情愿地接过二哥的钱，推门出去，忽而扭头对二哥说："唉,你这头倔驴啊!"

　　拉面和酱骨拿回来后,二哥只吃了一点点,说:"嗯,太好了,还是三十年前的味道。"眼睛里有泪光闪烁。二哥离店锁好门窗后,在门上贴了一张纸,上面用蜡笔歪歪扭扭地写了一行字:本店关门修整,开门时间未定。

　　二哥再也没有回到店里。几个月后,二哥因病离世。二哥的两间店面成了四季拉面馆的一部分。中间的墙砸开,安了一扇玻璃门。

　　一次我在四季拉面馆用餐巧遇老吴,问起二哥的事。老吴见附近没有其他人,就压低声音对我说,二哥和这个店的张老太三十年前是夫妻,因为

二哥好赌，二人离了婚。二哥的岳父没有儿子，本来是要把酱骨秘方传给二哥的，见二哥品性恶劣，就把秘方传给了女儿。二哥当年是倒插门过去的，离婚后二哥被扫地出门，去沈阳和吉林混了很多年，十年前回来买下拉面馆旁边的两间房子，开了二哥小吃部。二哥一直也未再婚，张老太找过一个男人，又离婚了。二哥死后，留下十多万存款，还有店面，遗嘱里全留给张老太了。

二哥人没了，那块"二哥小吃部"的牌匾依然没有摘下来。直到又过了半年，张老太才叫人取下那牌匾，把外墙用白色涂料重新粉刷了一遍，然后用红油漆把"四季拉面馆"五个大字刷在墙面上，并燃放了鞭炮。在阵阵烟雾中，我仿佛又闻到了一股烤吊炉饼的香味儿。

独霸角

李 方

　　我第一次去帮扶户赖青久家，是队长龚海鹏陪着去的。车从刘湾、滴墕、下寨几个小队驶过，七扭八拐，从谷底爬上梁顶。道弯路窄，但都已硬化，还不算太难走。远远地看到，山嘴上有几株落完了树叶显得灰黑的树木和一户人家高耸的蓝色屋顶。龚队长让停车，说："前面车不能走了。秋天的时候已经挖好了路基，打通最后一公里，现在天冻了，没法硬化，停工了。"

　　我们只好拿上扶贫手册、各种表格，步行前往。我一边躲避着挖虚的土，一边听龚队长讲赖青久。

　　"这人是个独霸角，跟谁都尿不到一个壶里去，大集体的时候，几乎和队里的每个人都闹过别扭。别说其他人，连跟自己一母同胞的两个弟弟都不对付，打架吵嘴住不成邻居，搬到这个山嘴上来了。"

　　我心里一沉。"独霸角"是西海固的土语，谓人性格孤僻，待人生冷硬倔。摊上这么一个扶贫对象，工作怕是难以顺利。

　　还未到门口，当路一根绳索，拴在路两边的枯树上。龚队长说："看！好端端的人、车走的路，给你用绳子拦了。"

　　赖青久五十七岁，眼不花，耳不聋，腿脚灵便。赖青久问："干啥的？扶贫的？拿的啥？"

我说:"今天只是来认个路,见个面,掌握一些基本情况填填表。你抽烟吗?不抽?那我也不抽了,免得让你受二手烟的害。"我拿出烟敬他,以便拉近彼此之间的距离,见他不抽烟,只好作罢。我又问:"老赖,干吗在路上拉绳子啊?"

赖青久很生气:"硬路挖成了虚土,又不硬化,人来车往,尘土飞扬,挡住,不让他走。"

"这是路啊,怎么能挡呢?"我劝他。

赖青久大手一挥:"条条大路通罗马,我这里不让走,他可以绕着走。山下边还有一条路,全硬化,又不远,不过多走 15 公里罢了。"

初次见面,不好搞得太僵,了解完大致情况,填好表格,我就道别离开了。

清明前后,栽瓜点豆。抽了空,我第二次去老赖家。这次因为正在硬化道路,施工车辆较多,所以车停得更远,我和陪同的妇女主任一起在人欢马叫的施工路段的边上走。

妇女主任说:"独霸角就是独霸角,说话办事就是跟人不一样。前些年湾里种西瓜,也是个收入。他拉瓜到街上去卖,别人问瓜价:'多少钱一斤?'

他说:'一毛。'别人说:'少价吗?'也就是那样随口一说,实际上瓜价人人都知道,就蹲下来挑瓜。结果他说:'少价。两个五分。'你想谁还买他的瓜?去年搞养殖,他老婆养了头母猪,下了猪娃子,让他用摩托车捎到集上去卖。别人问:'猪娃子好着吗?'他给人家来一句:'不好,害着病呢!'"

我说:"这不纯粹跟人抬杠吗?"

妇女主任躲着驶过的车辆笑着说:"就是呀,害得他老婆背篼里装上猪娃子,集集不落地去卖,又不会骑摩托,被害惨了。"

好不容易到了赖青久的门前,绳子没有了,换成了两根长竹竿,打着叉挡在路中间。进了门,妇女主任说:"老赖啊,市上⋯⋯"

老赖背着背篼,手里提着铲子要出门。老赖问:"干啥的?扶贫的?"

我说:"老赖兄,去年冬天我来过,今天来是核实一下,给你的化肥和薄膜送到了吗?送到就请在手册上签个字,也不敢耽误你上地。可是,赖兄啊,干吗还挡着路啊?拿掉吧。"

赖青久气得把手里的铲子扔了,说:"拿掉?拿掉还不把我家门口当骡马市场了?化肥是拿来了,往家里抬的时候把袋子扯破了,化肥撒了一路,害得我扫了好半天。"

妇女主任脸上挂不住,说:"他叔,你把路挡着车上不来,这么远的路抬上来,可不得扯破了?"

赖青久仰头怒目:"你又没来,你又没抬,你见了?"

赖青久弯腰拾起铲子回手扔到背上的空背篼里,就要走。

我沉下脸,拦住他:"赖兄,撒了的化肥再补给你一袋都行,但你得把路障撤了。这是众人走的路,你不能这样。"

"咦,一袋化肥、两卷薄膜就能指挥我了?路是众人的,但家门前这一截儿是我的!"

我们只能跟在他的屁股后头出来,先走了,他在身后恨声恨气地锁着大门。

到了秋天，基础母牛入了栏，非得签字不可。但我心里发冷，不想再上山爬洼。我跟村支书说："你啥时候去老赖家顺便把扶贫手册带去，让他把字签了。"年轻的支书连忙摆手说："那绝对不敢。别人的可以，老赖不行。你去了他多少还给点儿面子，我去了那是拿着鸡蛋往石头上碰呢！"

这也是实情。现在村上的工作不好搞，村民和村干部之间，有着一层看不见摸不着的隔膜。我只好憋着气再去。车一直开到赖青久家门前不远。一根粗壮的长椽横空而过，两头用长钉死死地钉在路两边的那两棵枯树上。车只能停在这里了。

村支书说："我们钻过去吧。"

我说："不。"

我掏出手机拨打赖青久的手机。

"谁？打电话啥事？"

老赖将头从大门里伸出来，望了望，关了手机，向我喊："基础母牛已经拉回来养在圈里了，没啥事我关门了。"

我厉声喊："老赖，过来！"

老赖趿拉着棉拖鞋，吸着鼻子，边走边说："天气冻得人淌清鼻涕呢，出来干啥呀？"

我说："天寒地冻是实情，一万块钱的母牛也养到圈里了，签个字你都怕麻烦？你这人是不是太有点儿不知好歹？"

老赖签了字，手扶着拦路的横木，平视着我的眼睛说："别说一头牛，就是给上十头牛，也是政府给的，又不是你给的，我有啥不知好歹的？不是看你大冷天跑一趟，我连字都不给你签。"

我和村支书站在寒风里，显得很无奈，甚至看上去可能还有点儿滑稽。老赖看着我们，突然就笑了，是那种憋了很久终于绷不住的笑，他越笑越畅快。天上飘起了雪花，我和村支书仰头看看天，看看越笑越畅快的老赖，终于忍不住也笑了。

国际玩笑

阿 心

　　我的工人阿迪拉是个有趣的匈牙利小伙,初见面时,我们有约在先,互相学习语言。他很快学会了"你好"。第二天早上,他使用十分流利的汉语问候:"你好!"我连夸他脑子好使。谁知下午分手时,他又十分流利地挥手道别:"你好!"次日,我纠正他,他非但不认错,还狡辩:"匈语中的'西哦'或'哈罗'均可表示你好、再见。汉语为什么不可通用?"顽固不可救药也。

　　因为是自己的公司,我有时上班不准时。那天,我有事晚到了一个小时,阿迪拉已等候多时。一见面,他便揶揄道:"晚上好!"我看表,时值上午九点,对于他这些雕虫小技,我常一笑了之。

　　初学匈语时,我常把意义相反的词混用。比如开窗与关窗。每每此时,阿迪拉总是调皮地等着我出足洋相。后来,我索性两个词一起用。于是,他便把窗户开了关,关了开。开了又关,关了又开,直到我佯怒道"STOP"(停止)为止。

　　那天中午我吃饺子,送他尝几个。他大加赞赏,请教其做法。我耐心地向他列出一二三四。谁知,他嫌不详,刨根问底地问:"和面的水需多少?""一碗吧?""一碗是多少毫升?"边问边认真地记。至于拌馅的调料,什么"少许""适量"对他无效,我只好信口胡答。说到揉面剂子,便问"多少厘米

长?"擀面皮时,"那面皮儿直径多少厘米?"其虔诚的样子可笑至极。最后,告诉他可以用什么肉做馅,当时只会讲猪肉。至于鸡、牛、羊肉,只好学其叫声。我俩连比带划,总算"做"完了这顿饺子。

过了周末,阿迪拉来上班,胳膊上多了个刺青,他很得意:"我喜欢中国,瞧,我刺上了两个中国字!"我左看右看、上看下看,摇头,表示不认识。他开始紧张,是不是那家伙糊弄我不认识中国字? 我终于搞明白了,原来是"功夫"两字刺反了,"功"字变成了"力"在左,"工"在右。看来那家刺青店是个"二把刀"。我说:"刺反了。"阿迪拉哭笑不得,马上又释怀了:"只要是中国字就行。反正别人也不认识。"

我过生日,从中国食品店买来几个松花蛋。他看到了,好奇地询问,我便送他两个,并神秘地说,这种蛋,只有中国人才会做。一个 85 福林(当时约合 0.85 美元),等于 10 个鸡蛋的价钱。他惊奇地瞪大眼睛,极珍贵地包好,说回到家与妻儿共分享。第二天,我兴冲冲地问道:"味道怎么样?"心想,他一定会像中国广告里说的那样称赞:"味道好极了!"孰料,他一脸的无奈。原来,当他小心翼翼地剥开皮,发现蛋是黑的,以为变质了,便扔掉了。他妻子不悦地说:"老板怎么给你两个'坏蛋'啊?"望着他那哭丧的脸,我痛惜道:"哎呀,松花蛋是越黑越好呀! 这么贵的东西,你竟然扔掉了! 心疼死我了!"无论如何解释,他还是不明白。问道:"那蛋一定是很久了吧?""当然,大概有两个月了。"他惊讶:"放两个月的蛋还能吃? 你们中国人不怕吃坏肚子?"瞧,简直不可理喻。

我总算明白了,只要我们相处一天,"国际玩笑"将一直开下去。

老 驼

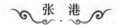

张 港

现今西旗镇，就剩一头老骆驼。老骆驼叫梭梭，是李老根的。有人说了："这骆驼，该进汤锅了。再老下去，连头驴的肉都杀不出来了。"

这天，伟东凑到李老根跟前说："爹，我想让梭梭到旅游点拍照，挺来钱的。你孙儿的婚房，那可就有了！"

"甭想！"

打这起，爷儿俩天天吵这事。

末了，李老根下了狠心："为了孙儿，为了楼房，就委屈梭梭吧！但是，我回乡下住，我看不得别人骑我梭梭身上咋咋呼呼。"

一早，李老根不见了。谁都知道，他是带着一肚子气走的。

景点有了骆驼，可以骑上体验高高在上的感觉，城里人争抢着付钱。伟东成功了。

好景不长，骆驼连着几天不吃东西，鞭子抽打也懒得起来。人人说："不行了，再不宰，连肉也得不着了。"

伟东给李老根打电话，刚说个"宰"，那头就撂了。没多大工夫，这老爷子打的士车来了。

蔫蔫跪着的梭梭，一见李老根，可来了精神，伸长脖子冲他打响鼻。

李老根摩挲梭梭,拿手指头梳理梭梭的乱毛,将方便面掰成一块一块,塞梭梭嘴里,冲儿子吼:"怎么不吃?这不是吃了!"

儿子委屈:"鸡蛋也喂过,就是不吃。"

李老根抚着梭梭鼻梁:"也是呀,老了老了,连吃都不行了。"

"爹,那就送汤锅。要不……"

"送汤锅?送你去汤锅!"

李老根硬把梭梭牵到了乡下。

伟东放心不下生气走的爹,拨了手机。手机那头,爹呼呼喘气。伟东忙问:"是不是感冒了?"

"我说伟东啊,你过来一趟。"

李伟东跑到乡下,大吃一惊——爹的铺盖,在骆驼栏里。李老根斜卧草堆,嘴一张一合地喘着气。

"爹,你这是弄啥!"

"伟东呀,你爹老了,走不得远路了,你替我办件事。"

"爹,啥事?你说。"

"那个……是这么的,你把梭梭呀,牵红碴子去。"

"得过沙漠呀!那儿起着狼群。"

李老根捏着儿子的手缓缓地说:"要不咋让你去?但凡能行,这事也得我自己办。"

"沙漠也行,狼也不怕,可这是为啥?得让我明白呀!"

李老根缓缓道:"别说猪牛羊,就是狗,就是马,就是有的人,也不及骆驼有灵性。骆驼呀,事事明白。骆驼呀,它有个规矩,那就是生哪儿死哪儿。它看这事呀,比人认祖宗都重要。梭梭呀,到寿头了。它呀,它不同别的骆驼,它不是生在圈里的,是生在红碴子的,所以得送它回红碴子。你呀,就替爹办了这事。"

"爹,这事我办。可是,这不是送梭梭进狼嘴吗?"

"骆驼呀,就是骆驼,狼嘴还真是它的归处。你就去吧。现在走,你呀在

沙漠过一宿;要是晚了,得过两宿。走吧。"

伟东收拾着,李老根背上手,一步一步蹭着朝远处走,头也不回。驼铃一响,李老根站住了,背对儿子说:"伟东呀,可记好,缰绳什么的呀,不是它身上原有的,人给加上的,全带回来。"

"都说好几遍了。爹,我记着。"

两天后,伟东回来了,衣裳破烂,一脸沙土面子。

"咋样?"

"还算顺利。还真没遇上狼。"

伟东将缰绳、笼头、驼铃一件一件从背囊掏出来,李老根"啊"的一声。儿子忙问:"又咋了?"

"没事,没事,算了,算了。"

伟东再三问。李老根说:"鼻棍没带回来。"鼻棍是穿骆驼鼻孔的柳木棍,小小的木棍。

伟东连说疏忽。李老根又是"没事,没事,算了,算了"。

第二天太阳探脸,伟东朝那屋一瞅,老爷子没影儿了,咋找也没有。伟东大呼不好,心想,爹说过,骆驼怎么来的怎么走,怎么生怎么死。骆驼生下来是没有鼻棍的,他定是上红碴子给梭梭摘鼻棍了!

伟东带上水壶,奔红碴子。一上沙漠,印迹就清晰了,明明白白是爹的。

伟东呼天呼地:他看到一只空水壶——爹没水了!

伟东连跑带爬。远远看到,群狼在撕扯一头骆驼。远远看到,一个黑点儿。伟东扔了东西,朝黑点儿跑去。

李老根躺在沙子上,安安静静的。李老根浑身湿湿的,头发也有水。这是沙漠,怎么有水?

李老根指着远处,喘息着说:"是梭梭,梭梭含了水,反吐给我。"说完就昏迷了。

红碴子上一片红云,沙漠静静的,片片驼毛,被风吹起。

老山参

张 港

说不懂你就是不懂，一个"山"字，就考得你头蒙。

两个人一同在山上走了一天，一个说："一天也不见个人影儿。"一个说："有人呀，有三个人，在咱们前后走着。"

这咋回事儿？那就得说说山里的规矩。红绿灯、斑马线，大马路上的条条道道，其实，深山老林子也有。打猎的、采参的、找药的，走过的路，要留下标记。折根小枝，大头朝前，小头朝后，指明前进的方向，放在与眼睛齐高的树丫上。一是自己能找到归路，二是告诉后来人，别往前去了。这是走路的规矩。如果准备射击或是设了套子、陷阱，那就更有规矩，要折朵花摆上树丫，警示路人，小心避开。如果乱来，会出大事。不守规矩的，别轻易进山。

挖人参的张老感，折腾劳苦到七十岁，得了个"穷"字。七十岁了，最后一次上山，他没有下一次的力气了。这回，他必须得根大参，要不然，往后的日子就不好说了。

驼背的张老感，弯了弯腰，细细用拨杆寻找梦中的惊喜，怕昏花的眼睛看漏了宝贝。

人在山中，耳根清宁，眼睛单纯，只剩头脑可以随意思想，因此山中出智者。张老感想：这人世间呀，其实也没道理，乌龟长寿，人就专吃它；老虎强

壮,人就取它骨头;人参宝贵,人就挖它个绝根。什么东西宝贵了,就有人下手了;什么东西稀有了,它也就快灭绝了。人参啊人参,你藏在哪里?

在一片混交林,杂花乱叶中,张老感看到一片小小的五指巴掌叶。啊,棒槌!——找到人参了。张老感热血盈胸,冲天一拜,对地一拜,掏出红绳,轻手轻脚上前。

拨开草,张老感眼睛一黑,一屁股坐个腚蹲儿——不足分量的幼参。

老爷子对树对石大喊:"天啊——"

张老感在参旁树上刻下印记,对那棵被风吹得微微晃荡的幼苗说:"棒槌娃娃,棒槌娃娃,咱爷儿俩,这是一面之情。要是身板儿中用,过些年我来取你。要我不中用呢,会有人看这标记找你。你咋不早生几年?我咋不年轻几岁?"

一个人时,激动之中,张老感有了幻听,一个声音:"小也是参,也能换钱。"

张老感对声音说:"你这啥话?你这是坏规矩的话。挖不足分量的参,那是坏了规矩。我得到仨瓜俩枣,却糟蹋了宝物。那我老张还是人吗?"

溺水者扑腾到一根木头跟前,一伸手,木头没了。这样的人,应该没有力气折腾了。可是,张老感还是向前走。他是想,自己守了一辈子规矩,山神爷是看得着的。

张老感又弯了腰,细细用拨杆寻找梦想中的惊喜。突然,听到声音,细细弱弱凄凄苦苦断断续续凉凉热热,是小鹿的叫声。

张老感奔跑过去:"我的娘!灭门窖!"

通常的陷阱是挖个坑,盖上枝叶,等路过的野兽踩进去。灭门窖是捉到易得的小兽,扔到窖里,母兽就会自己跳进去。灭门窖不用棚盖,方便,快捷,高效,但是缺德。山里人绝不许干这等损事。

"灭门窖,缺德带冒烟!"张老感看到,一头母鹿,身下一头小鹿。

张老感看窖口,又骂了句"缺德带冒烟"。照规矩,陷阱得有一面挖出斜坡,架上树枝栅栏。窖到规矩不允许的猎物,按规矩要抽开栅栏放走。可这

口窖,四边齐整,没留斜坡。

死亡万物之常,怕也没用。可怕的是,让一个母亲、一个孩子,你看着我,我看着你,脸对脸瞅着,于绝望中一同死去。

张老感决意救出窖中母子。

没有锹镐锄头,只能收集枝杈树叶朝窖里扔。近的光了,张老感就上远处抱。忽地,张老感又骂出"缺德带冒烟"——设陷阱的人,没有留下半点标记,没有对人警告。

张老感一弯腰一抱草,"啊"一声,被击倒在地。他中枪了。

两个人提枪跑来。

"啊?! 打着人了!"

看着龇牙咧嘴的张老感,一个说:"我们没当你是人,才开的枪,可不是有意地。"

张老感点点头。

"我们背你下山,送医院,但你不能说是我们打的。"那人拍拍背包,"这里有根山参,老的,点点头,就是你的。"

张老感摇摇头:"那,是你的。"

"咦? 那你要什么?"

张老感指指陷阱那边:"那儿,一娘一孩儿,放它们出来。"

"这就行?"

张老感点点头。

两个人跑去了。

两个人回来了,一试鼻息:"糟了! 出人命了!"

"血流没了!"

"应该先止血呀! 怎么忘了抢救常识?!"

我们爱吃油炸豆

朱 羊

20 世纪 80 年代初,人们的日子大多过得清苦。刘老歪做梦都想像电影里的地主老财们一样吃顿大鱼大肉,再抿上二两小酒,那是个啥滋味儿呢?

这一日,刘老歪从北安出差回来,背了一包黄豆,这可是不容易淘弄到的好东西啊! 他做贼似的悄悄溜回家,但还是被站在院子外边撒尿的白文化瞧见了。

"大歪叔,咋还鬼鬼祟祟的呢? 偷啥东西了?"白文化龇着两颗大板牙,单薄的身子一抖一抖的。

刘老歪黑虎着脸:"大歪叔也是你叫的? 没大没小的!"

白文化嘻嘻一笑,调皮地伸了一下舌头。

刘老歪突然生出一种不祥的预感,自己千小心万提防的,怎么还是让这小子给盯上了? 甭瞧他才十四五岁,可人小鬼大,眼珠一转一个主意。白文化还跟着他那队长姨父王三炮练过两年武术,是萨尔图出了名的小哪吒、天不管地不收的惹事精。

刘老歪不想多事,于是扮出一副无关紧要的模样,缓了口气:"家里的火炕塌架了,我弄点儿土。"

"哦。"白文化没再问,系好裤子,晃晃悠悠地走开了。

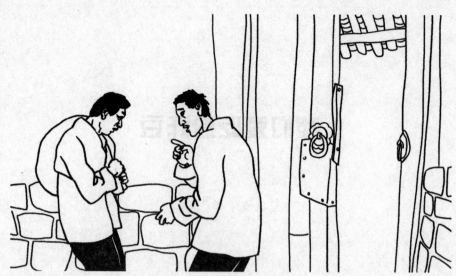

刘老歪长舒了一口气,心说,想打老子的主意,你小子还嫩了点儿!

晚上,刘老歪让老婆炒了一盘油炸豆,捏着小瓷杯,喝得甭提多舒坦。

"这才是人过的日子嘛!"刘老歪拉过老婆,狠狠地嘬了一口。老婆身子一扭,碰翻了盘子,黄灿灿的油炸豆滚落一地。刘老歪顿时失了情致,脸红脖子粗地吼骂起来:"你个败家娘儿们,过不惯幸福生活咋的?"

老婆嘴一撇:"瞧你那熊样儿,吃两把黄豆,不知道自己是谁了。"

刘老歪不再理会女人。本来嘛,老爷们儿只管当好搂钱的耙子,讲那么多狗屁道理有个什么用啊!

刘老歪幸福了一夜,没想到,第二天还真就出事了。老婆慌里慌张地从外面跑回家,把他从被窝里拉出来。

"我刚出差回来,今天领导特批在家休息,知道不?"刘老歪气得暴跳。

"阎王爷都上门了,咋还有心思闷觉呢? 你老实说,家里那包黄豆是怎么来的? 现在都传开了,昨天食堂过秤,说黄豆斤数对不上!"

刘老歪理直气壮地吼:"胡说,这与我有屁关系? 那包豆子是我用一套新工服跟老百姓换的!"

"甭跟我嘴硬,王队长马上要来咱们家检查,若发现了豆子,你裤裆里抹黄泥,说得清吗?"

刘老歪一听,汗珠子唰的一下从额头拱了出来。是啊,自己咋没想到这一层呢? 现在说啥都没用,得先把那包黄豆处理妥当才是正事。

刘老歪急忙披上衣服,从炕梢儿的衣柜里拎出那包黄豆,仿佛捧着一个点燃引信的炸药包一样。家就这么个巴掌大,哪有藏东西的地方呢?

正无计可施呢,他一眼瞧见白文化身子一抖一抖地站在院墙外。

"文化,过来!"刘老歪喊得嗓子直冒烟儿。

白文化一脸迷糊:"大歪叔,啥事?"

刘老歪将黄豆包轻轻地塞进白文化怀里:"没啥事,我家昨晚上闹耗子,你帮叔保管几天。"

"这么点儿小事,好办! 赶明儿我给你逮只猫来。"

"少扯没用的,听叔的。"刘老歪又不免有些担心地叮嘱道,"这豆子让老鼠嗑过,吃了可要拉肚子,等叔收拾完耗子,给你做豆腐吃。"

白文化郑重地点头,小心翼翼地抱着黄豆回家了。

不一会儿,队长王三炮真的来了。

"老歪呀,听说你发疟疾了,我来瞅瞅,用不用找车送你上医院?"

"谢谢队长,昨晚是有点儿不太舒服。现在不碍事了。"刘老歪敷衍着。

"那就好。中午我让食堂给你磨碗豆浆,这几天跑车,你也够辛苦的。"

"队长,听说食堂的黄豆出了点儿问题?"

"啥问题?"

"比如遭个耗子啥的,你知道,这年头,人吃黄豆还费劲儿呢……"

"你先把自己管好吧。"

"队长,这话里有话呀,你怀疑我偷公家的黄豆吧?"

"啥?"王三炮蹙起了眉头。

刘老歪的老婆也上来帮腔:"王队不就是来我家查黄豆吗? 老歪他胆儿

走一回父亲走过的路

再壮,也不敢拿公家的东西不是?"

"谁说我来查黄豆的?"

"谁?你那宝贝外甥亲口告诉我的。"

"文化?可是他告诉我你得了疟疾……"

"天哪,我的黄豆这回可真要喂耗子了!"刘老歪干号一声,连鞋都来不及穿,就冲出了家门。

父亲病了

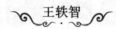

王轶智

父亲病了。姐姐打来电话的时候,他正在医院里,守在庞老板父亲的病床前。

这是陪床的第四天。四天四夜,困了,他就在椅子上打个盹儿。手机设了静音,振动了几遍,他才感觉到。他摸出手机,迷迷糊糊地看了半天,才看清是姐姐的号码。

姐姐的语气焦急,带着哭腔。父亲病了,病得很重,三天水米没下肚。父亲是老毛病,一到春天,就上不来气,吃不下饭。入了夏,才会轻些。

走廊里,他低声安慰着姐姐,答应把手头的事处理好了,就尽快赶回去。姐姐终于平静下来,最后还问到了他的生意。他想,父亲应该还和以往一样,过了这段时间就会好些吧。

踅进洗手间,抽了支烟,他稳了稳心神,回到病房。庞老板的父亲还睡着。老人五天前下楼时摔倒,昏迷不醒,被送到医院。庞老板的工程正在招标的紧要关节上,庞老板让他代替自己陪床。在业务关系上,自己靠着庞老板;在朋友关系上,庞老板把自己当真哥们儿看待。接了电话,他马不停蹄就赶来了。庞老板千恩万谢,临走时把钱和卡都给他留下了,还握着他的手直道辛苦。大老板把自己当真哥们儿看待,自己自然要尽到心。他每天替

089

老人翻身擦澡,喂饭喂水,端屎端尿。老人苏醒过来的三天里,他没有高声和老人说过一句话。同病房的人都羡慕地说:"老人有个孝顺儿子。"庞老板的父亲不说破,他也不好意思把身份公开。老人睡得真香,他掖了掖被角,摸了摸水杯,水是温的,老人醒来的时候,应该正好喝。

阳光已经照到了床铺上,中午了。二床搬走后,他就把老人换在了这个靠窗户的床位。从窗口看出去,一树杏花开得正旺,几棵杨树也已现出绿意。有好多年了,自然界的变化,他好像都没时间在意。父亲院子里的两棵杏花,现在应该也开了吧。他的鼻子忽然有些发酸。

到买午饭的时间了。阳光耀眼,街道看起来很虚幻。他先去了银行,把卡里的钱都打给了父亲。父亲只有一张银行卡,是社保卡,卡号他背得下来。进到餐馆,他点了一碗汤、一笼包子,坐着吃了,打包了鱼香肉丝和米饭,准备带回病房。

父亲的病让他的心无法安定,来来回回地翻腾。庞老板能不能再找个人,替替自己呢?忍不住拨通电话,他没开口,庞老板的声音就焦急地传过来:

"咋了？病情恶化了？"

"没，没。挺好的，恢复得挺好的。"

庞老板长长地出了一口气：

"那就好，那就好。我就知道，有兄弟你在，不会错的。哥哥这几天忙，忙过这几天，一定好好犒劳犒劳你。真是辛苦你了！你知道，哥是知恩图报的人。滴水之恩，当涌泉相报。对了，医生没说什么吧？"

"医生说，再观察两天，没什么意外，就可以出院了。"

"那就好，那就好，都是兄弟你的功劳啊！"庞老板抢过话头，"哥哥这个儿子不孝啊，你替哥受苦了。"

"我，我……"他本想说自己的父亲病了，他也想回去看看。

没等他说出来，庞老板就接过了话头儿："兄弟，没事，哥不会忘了你。过几天，哥的这个工程就定了。哥的工程，就是你的工程，水电暖的活儿你全干，哥亏待不了你。晚上，哥抽空过去，再给你送点儿钱。"

"不是，不是。"他争辩着。

"唉，兄弟，不和你聊了。领导出来了。"庞老板着急地打断了他的话，"领导、领导"地叫着，追了过去。

下午，他搀着庞老板的父亲在医院的院子里散了会儿步。坐在长椅上休息的时候，他不知怎么就谈起了千里之外的家，谈起了父亲的老毛病，谈起了他的哥哥、姐姐和念大学的妹妹。谈起了自己，在村里被称作老板，其实比打工的也多挣不了多少，经常没活儿干，被要工资的追得没处躲。村里人、家里人都认为他很有钱，因为他在城里贷款买了一套房。庞老板的父亲眼眶也湿润了："毛根没欠你钱吧？"毛根就是庞老板。

"没，没，庞老板都是按时结账。"他有些结巴。

"没欠就好，欠了，我给你要。"和暖的阳光里，老人慈祥地看着他，小时候父亲也这样看过他。

他在城里买了房，有了根，也背上了债务。他遇上了庞老板，庞老板给

他活儿干,算计得不紧,账结得还算及时。庞老板是大老板,揽的都是大工程,指头缝里漏点儿,就够他干了。他觉得漂泊多年后终于安定了一些。

晚上,庞老板真的来了,安顿好老人,将他生拉硬拽到酒馆,搂着肩膀对他说着感谢的话。从来没有一个大人物对自己这样亲近过,他百感交集,哭得稀里哗啦。庞老板醉了,也哭,不停地念叨拿工程如何辛苦、要款怎么艰难、谁对他如何刁难、为了见谁生生地在人家门口等了七八天……庞老板抱着他的头,醉眼瞪着他:"兄弟,你说,咱们这么辛苦,到底为了啥?"

他没想过,他也不知道。

但他没醉,他不敢醉,晚上他还要陪床。回到病房,老人睡得很安静,他盖了盖被子,把庞老板留下的钱掖在老人的褥子下。

出到走廊里,他给大哥打了电话,告诉他自己很忙,脱不开身,给父亲卡上打了两万块钱,活儿一完他就马上赶回去。大哥笑了:"回啥回?忙你的。大(爹的方言俗称)的病是比以前重点儿。再重,人回来顶球用。钱回来就行了,家里有哥。"

他又给姐姐打了电话。

姐责怪说:"哥几天都不来一趟,你也回不来。大这次估计是真不行了。几天下来,大连话也说不出来了。唉,养儿有啥用?大死了,也难合眼啊!"

他无言以对,默默地挂了电话。

事已经做到这个地步了,咋也不能前功尽弃,怎么也得等到庞老板的父亲出院再做安排吧。回到病房,听着老人均匀的呼吸,他的眼泪又止不住地滴了下来。

庞老板的父亲出院了。庞老板在高档宾馆里安排了饭,庆贺自己的父亲康复。他把医院的账单和剩下的钱都交代给了庞老板。庞老板生气地把钱推回来:"兄弟,你这是干吗?你是不是不想和哥处了?"

"哥,针一码线一码。"他强硬地把钱推回来,他第一次称呼庞老板哥,"哥,我饭也不吃了,我得马上回去看看我大,我大也病着!"

土 屋

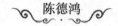

陈德鸿

淅淅沥沥的雨下到清晨,终于停了下来。

瓦爷抓了一把米,撒到院里,几只鸽子立刻从屋顶飞了下来。

瓦爷数了数啄食的鸽子,然后蹒跚着回到屋里,从锅里盛了一碗黄灿灿的小米粥,就着一碟咸菜,吸溜吸溜地喝了起来。刚喝了半碗,门"吱扭"一下开了,随着一股冷风,一个人进到了屋里。

瓦爷仔细瞅了瞅,说:"是拴宝呀!"

"瓦爷,是我。"拴宝"嘿嘿"笑了起来。

瓦爷撂下饭碗,说:"快上炕暖和暖和,我给你盛碗粥热乎下身子。"

拴宝说:"我在家吃过了,别盛了。"

"吃过也不行,走这么远的道,也该饿了。我就知道你今天来,还特意多加了一瓢水呢。"瓦爷把盛好的粥端给拴宝说,"你小子,快一年没来看我了吧。"

"瞧你这记性,上秋我还来看你了。"拴宝说完,端起碗,也吸溜吸溜地喝了起来。

喝完粥,拴宝用袖子抹了抹嘴说:"瓦爷,你们村主任是不是来找你了?"

瓦爷点点头:"你咋知道?"

093

"我在路上碰见他了。"拴宝说,"他嘴里骂骂咧咧,一脸的不高兴,还瞪了我一眼。对了,他手里还拎了只死鸽子。"

瓦爷皱皱眉头,叹了口气。

"村主任肯定是为你这房子的事来的吧?"见瓦爷不吭声,拴宝又说,"你这房子太旧了,说不定哪天就倒了,把你埋里头咋整?我觉得还是上敬老院好,有吃有喝,还有不少老太太陪你唠嗑儿。"

"你懂个啥!村主任不知找哪个算命的看了,相中了我这块地方,想盖小楼。"瓦爷剜了拴宝一眼,"这房子是我自己盖的,用的都是上等料。别看旧,村主任小舅子家的小楼倒了,我这房子也倒不了。"

"这个我信,要不咋都管你叫瓦爷呢!"拴宝说。

"那是,想当年这方圆百里咱也是有一号的。"瓦爷有些得意地笑了。

"那又能咋?"拴宝说,"你就是垒个金窝,瓦奶也回不来了。"

瓦爷的眼睛湿了,他咳了几声说:"谁说的?你瓦奶走时留下话了,说盖好了房子一准回来。"

拴宝撇了撇嘴。

"你还别不信。"瓦爷说,"她还让我好好照管她的鸽子。我养了那么一大群,可惜就剩这几只了。"

拴宝咂了咂嘴:"这玩意儿好吃,还大补,烤着吃可香了。我听不少人说,瓦奶是嫌你穷,还总在外面干活儿不回家,就跟人跑了,不可能回来了。再说,你俩就在一起睡了几天,也没办啥手续……"

"放屁,这是谁在背后乱嚼舌头?"瓦爷咳了好一会儿,颤声说,"你瓦奶一定会回来的,我就在这里等她回来。"

拴宝连连"嗯"着。他从娘嘴里知道,瓦奶许多年前就死了,瓦爷却死活不相信。

沉默了一会儿,瓦爷揉了揉眼睛,突然问拴宝:"你小子今天不打猪草了?咋有空跑这儿来了?是不是你娘要带你妹妹走?"

拴宝要告诉瓦爷的正是这事。他说猪啥的收完秋都卖了,房子也找好了下家。娘去了山外男人的家,男人又跟着娘回来,准备在腊月把喜事办了。娘想带妹妹走,男人也愿意要妹妹。拴宝不知该怎么办,特意跑来问瓦爷。

瓦爷想了好长时间,才说:"你也跟娘走吧!"

拴宝晃了晃脑袋:"爹死前留下话了,说让我照看好妹妹照看好家,我得听爹的。"

"你爹的骨头早烂成渣了,他哪知道现在是啥情形。"瓦爷说。

"那,那爹的话我也得听。就是,就是……"拴宝把想说的话硬咽下一半,"娘跟那男人要是有了孩子,妹妹肯定受屈,可到时连个躲的地方都没有。"

瓦爷说:"我觉得你还是跟娘走好。"

"不!那男人一脸横肉,我看着就不舒服,妹妹看着也害怕。"拴宝挺了挺腰,"我都十四岁了,能撑起个家。"

"好孩子,这脾气像你爹啊!"瓦爷疼爱地抚摸着拴宝的头。

"差点儿忘了。"拴宝说完,从兜里掏出几支带过滤嘴的烟说,"这是从那个男人那里拿的,我头一次看见能翻盖的烟盒。"

瓦爷接过烟，仔细看了看，说："还是拴宝想着我啊！"顿了顿，突然神秘地笑着说："走，跟我上房顶看鸽子去。"

几天后，瓦爷去了一趟县城。

连着刮了几天北风，天愈加冷了。

瓦爷吃过早饭，依旧会爬到房顶，披件大衣，双手插进袖口，静静地看着远方，看着停在屋角的最后五只鸽子。看着看着，雪便来了。瓦爷一动不动，俨然成了一个雪人。

拴宝拎着一块猪肉，在院外向瓦爷使劲儿招手。瓦爷俯下头看了看，眼睛突然睁得老大。不远处的一棵树后，村主任正架着气枪瞄向鸽子。

瓦爷慌忙向村主任摆手，使了好大的劲儿，刚站起来，村主任手中的气枪响了，一只鸽子扑棱着翅膀，栽到了地上，雪上立刻晕开一片殷红的鲜血。

瓦爷的泪水糊满了脸，他晃了又晃，"啊"地叫了一声，软软地倒了下去。

许多年后，拴宝坐在瓦爷，不，自己房子的屋顶上，看着一大群飞舞的鸽子，眼前总会浮现出瓦爷神秘的笑容，浮现出公证处人员拿出瓦爷的遗嘱时，村主任那张气急败坏的脸……

房客的爱情

陈德鸿

    他和她每天上下班都走同一条街。

    他几乎每天都能看到她。她骑着一辆漂亮的自行车从街上悠悠驶过，遇到熟悉的人会微笑着点点头，或打个招呼。而他，却穿着一身又脏又旧的衣服走在路边。

    他知道她看不到他，或者根本就不会看他。她是一个小学教师，而他，则是在城里打工的农民。

    躺在出租屋的床上，他的眼前总会浮现出她的身影。她的一颦一笑，让他想起了曾经和他好过的一个已经远嫁的女同学。

    想着想着，他的眼睛便湿了，心里冒出许多奇怪的念头：哪天有一个坏人把她拦住，想调戏她，他上去解围，把坏人打跑；或者，哪天她被车撞了，他背起她上医院；或者，她骑车不小心摔倒了，他跑过去扶起她……这样他就能接触到她，和她说上几句话，甚至可以仔细看看她。他从来没有正视过她。许多次，他想肆无忌惮地好好看她几眼，但每次遇到她，却都把脸埋得很低。许多天，他都在心里折磨着自己，他为自己有这么多诅咒她的想法而自责，他觉得自己是个很无耻的人。他不敢再想下去了。

    他仍会经常看到她、注意她、观察她，有时远远地见她过来了，他会停下

脚步,假装寻找什么。待她到了近前,才抬起头看上一两眼。再想看,她已经骑着车子走远了。

有一天下班时,他看到她竟然步行回家。跟踪她的想法突然蹦了出来。

走过这条街,她拐进了一个胡同,走不多远,便进了一个院落,木质的院门关得死死的。

他在门前徘徊了一会儿,刚想离开,门边贴着的一张"出租房屋"启事吸引了他的目光。

他仔细看了一遍,心跳便开始快了起来,几乎没有任何犹豫,他便把门敲响了。

开门的是她的父亲:"请问,你找谁?"

"不,不找谁。"他支吾着说,"你们家里有房子出租?"

"有,有。你想租?"

他"嗯"了一声,点点头。

"那你先看看吧。"她的父亲把他领进一所空房子里。屋里很干净,但因为久不住人,弥漫着一股潮气和霉味。

"你看,这行不?"

"行,行,挺好的。"他连声说。

谈好了价钱,她父亲问:"你们几个人住?"

"没别人,就我自己。"他说。

她的父亲显然有些诧异:"这么大个屋子,就你一个人啊?"

他笑了笑,问:"我明天搬来行吧?"

"行,行,随时都行。"

原来的房东不知道他为什么要搬出去,冷着脸说:"交完的那仨月房租可不能退了。"

"不用退。"他说,"我一走,你爱租给谁就租给谁。"

"好,好。"房东的脸上露出笑来,"有机会过来玩啊!"

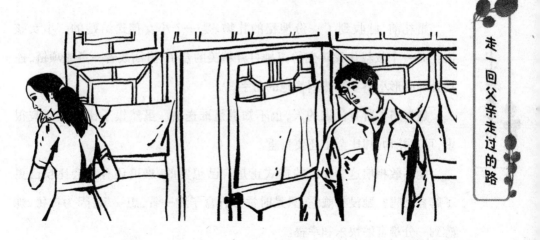

第二天,他扛着一套行李,搬进了她家的出租屋里,陆续又置办了盆锅碗筷。

他很穷,却一直在努力攒钱。他的日子也过得很简单,下班回来就钻进屋里,没有电视,也没有收音机,天黑下来,偶尔会翻翻几本破旧的书。

他很少出门,却每天到她的家里去打水。只要她在家,他就会把水流开得很小很小。有一次看她回来,他去打水,刚把桶放下,拧开水龙头,忽然想起锅里的面条肯定已经扑锅了,急忙奔回去收拾。还没等收拾完,就听见她喊:"水满啦!"

他转头去看,只见她拎着水桶站在自家门口,微笑着看着他。夕阳把她的影子拉得好长好长。

他不好意思地接过水桶,脸一下子红了。

这句清脆悦耳的"水满了",好像是她对他说的第一句话,让他幸福了好多天。可他一直懊悔的是,当时怎么忘了说声"谢谢"呢?

后来,只要知道她在家,他打水时就会把桶一放,拧开水龙头就走,而她就总会喊"水满了"。有时他故意在屋里拖延,她就会再喊一遍"水满了"。

日子像一条小河,慢慢地向前流着。

她恋爱了,结婚了。商定婚事时,因为想要一条金项链,和男朋友闹了好几天别扭。最终,男朋友也没有买。

婚礼前,她收到了一份神秘的礼物,是一个小女孩送给她的。小女孩说:"是一个叔叔让我转交的。"她打开精美的盒子,里面放着一条银项链,连接处的心形小坠上竟然刻着她的名字。

她想遍了所有认识的人,也不知道是谁送的。虽然银子比金子便宜很多,可这礼物,却比金子还要贵重。

她不敢相信这个项链的样式正是自己想要的,难道还有人会比自己更了解自己吗?她没有戴它,只是时常打开盒子看一看,想一想,因为神秘,她感到一分难言的快乐和幸福。

她结婚的第二天,他便搬了出去。

许多年后,她离婚了,又回到了家里。她不能生养,尽管又找过许多男人,却始终没有合适的,终于没有再结婚。父母死了以后,她就一个人住在那所大房子里。

他又来她家租房子了,虽然老了许多,却仍然一无所有。

又过了许多年,他和她都老了。有一天,他对她讲了上面的故事。讲完,他叹了口气说:"那时,我真想买条金项链呀!"

她静静地听着,眼角的泪慢慢地流了下来。

旱獭与山火

蔡永平

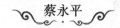

　　山洞中的旱獭与漫天的山火,风马牛不相及,怎么会扯到一块呢? 有韩兔娃哩。

　　韩兔娃是大山里顶呱呱的猎手,他头小、眼红、上身短、下身长,像只灰不溜秋的兔子。他动若脱兔,像风一样掠过山梁、沟壑;他敏如狡兔,嗅着风中的气味追踪野物。他撒迷药,布扣套,下猎夹,设陷阱……样样是绝活儿。更绝的是枪法,能打出"对对眼",从猎物的左眼射进,从右眼射出,不伤猎物皮毛。在他手中倒下的野物,能填满山谷。山民叹服他的秉异,唤他"兔娃",倒忘记了他的大名。

　　韩兔娃有大名,叫韩光耀。他爹舍了一条羊腿、两瓶酒,向小学校长讨来的官名,响亮着呢。但兔娃不是读书的料,屁股是削尖的陀螺,一刻也坐不住,在课堂上上蹿下跳,大呼小叫;模样灵光,脑子却一团糨糊,小学念了八年,十以内的加减法还出错。

　　韩兔娃勉强读完了小学,羞着不上初中,回家跟他爹放羊。兔娃把羊儿训练成纪律严明的队伍,他打一声呼哨,羊儿就明晓他的旨意,出圈、上山、过沟、回头、下山……傍晚,兔娃挥响牧鞭,羊儿整齐有序地排队入圈,400多只一模一样的黑头、圈个、腿长的绵羊,从眼前走过,兔娃撇嘴:"大黑头、钻

炕洞、贼秃子这三个家伙没有回来。"上山去找,在避风的山洼里,三只羊儿依偎在一起休憩。山民啧啧夸赞兔娃是"好羊把式"。

兔娃跟他爹跑山。苍莽的大山里,森林葳蕤,草木旺盛,遍山是狼、狐、兔、鸡等野物。"靠山吃山",山民争相捕之,肉,大快朵颐,解了口腹之欲;皮,换了钞票,解了家中油、盐钱。兔娃的秉异在跑山中大放异彩,每天早上赶羊上山,下午收羊回圈,走在金灿灿夕阳下的兔娃,肩上经常扛几只野鸡、旱獭、狐狸等。

兔娃的生活在勤快的跑山中富裕起来,他盖了五间瓦房,在村中鹤立鸡群。兔娃娶了山南冯家的二姑娘,生了俩男娃仨女娃,日子过得舒心红火。娃儿们长得快,仨女娃一个赛一个,水灵、聪慧,可俩男娃出问题了,大娃哑巴,小娃耳聋。山民窃议:"兔娃杀生太多,老天惩罚他!"兔娃带孩子去城里医院治疗,药费贵得吓人。为了孩子,兔娃更勤快地跑山。钱花成了山,孩子的病还是没治好。

滥伐,滥牧,滥猎,滥采,大山的草甸、森林萎缩退化,狼、狐、香子等野物几乎绝迹。物以稀为贵,野物肉、皮等价格飞涨,一个麝香蛋蛋卖一两万元,最不值钱的旱獭皮值一二百。兔娃后悔得砸腔子,没留下几个蛋蛋。

大山成了自然保护区，政府禁牧、禁伐、禁猎、禁采。但山大而宽，政府的人哪能管得过来？快60岁的兔娃佝偻腰、瘸拐腿偷偷跑山，他不信邪，万物皆由命，什么造孽，什么报应，吓唬人的噱头！

惊蛰一声雷，万物复苏了。大山的春天来得迟，满山还是密密的枯草，青草芽在地底下萌动，在洞穴中沉睡了五个多月的旱獭迫不及待地钻出来，敞开肚皮享受曛暖的阳光。

兔娃上山了，爬上山梁，他与一只毛发纯白的旱獭猝然碰面，相隔二三米，两个生物瞬间蒙了。旱獭直立着，露出两只尖利的白牙，两只前爪收在胸前，黑亮亮的眼睛直盯着兔娃。这么近距离跟野物对峙，兔娃这是头一遭，他手提棍子，一时不敢乱动。旱獭醒过神，掉头逃窜，兔娃撒腿追撵，瘸腿好了，敏捷胜过兔子。

旱獭被追得慌不择路，一头钻进山坡下的一个枯洞里。兔娃卡住洞口，透过斜照的阳光，看到洞不深，里面的旱獭瑟瑟发抖。

"没处跑了吧，找死！"兔娃咬牙切齿地骂，他快速从林中找来树枝，从山坡上薅来枯草，将这些堆积在洞口，点燃，拿衣服扇风，滚滚浓烟扑进了洞中。

洞内传出剧烈的咳嗽声，兔娃双脚跨在洞口，高举木棍，严阵以待。

"哗啦啦"，旱獭冲出洞口，兔娃拼尽全身力气，力压泰山打下去，旱獭一扭身，从他胯下溜走了。旱獭身上挂了燃着的树枝，一路亡命狂奔，山坡上的枯草引着火路一条。兔娃慌了，脱下衣服，扑打火苗。

风助火势，火苗"呼呼"蹿起，草着起来，树着起来，火焰冲上天。

旱獭冲到峰顶，直立起身，回过头，看山洼里魂飞魄散的兔娃，一晃消失了。

山火烧了三天三夜，终于被扑灭了。

警报响起，警灯闪烁，面如土色、耷拉着头、瘫软了身子的兔娃，被铐着双手拖上警车带走了。

山民说："白旱獭成精，兔娃招惹它，找死呀！"

走一回父亲走过的路

蚊　子

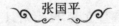

张国平

　　他准备回趟老家，去看看年迈的老娘。他怕以后再没机会了。

　　他没让司机和秘书陪同，也不敢自己驾车，客车也没敢坐，找了辆出租车回了老家。

　　他让司机送他到医院，说牙疼要看大夫。到了医院他让司机回去，说不用再等了，看完牙自己回家，反正离家很近，散步回去。司机老王跟随多年，领导生病不要人陪，这还是第一次。老王怀疑听错了，问："我回去？"他很关切地说："一点儿小病算什么？你走吧，周末多陪陪老婆。"

　　他刻意选择了周五的下午。

　　他并非牙疼，他只上到二楼，隔着玻璃看老王走远了，就径直下楼，喊了辆出租车。

　　老家离龙城不过一百华里，到家的时候天还没黑透。看马上就到了，他让的哥停在路边，想等等再回家。他不想碰到乡里乡亲。

　　不远处是座废堤坝，小时候上堤割草的情景还历历在目。他站在高处，远望彩霞飘浮，夕阳西下，心头不禁酸楚。他好想留住当下，留住眼前的美好，可惜这一切已成奢望。

　　他不仅付了车费，还预付了明天的车费，让的哥明天再来接他。他说：

"明天要去趟更远的地方。"

天黑透了，他步行回了家。

他的突然出现让娘意外，他从没有这个时间回过家，而且还是一个人。娘问："老王和小周呢？"他说："送到门口让他们回去了。"娘问："你怎么回去？"他说："今儿不回去了，在家住一夜，陪陪娘。"

他很久很久不在老家过夜了，每次回来都是来去匆匆。娘高兴，一扭一扭地出去了。他问娘去哪里，娘说回来就知道了。娘买了顶蚊帐回来，说："老家蚊子多，没蚊帐你睡不着的。"娘的床上并没有支蚊帐，他问娘，娘说她习惯了，老胳膊老腿的，蚊子不咬她。他知道，娘舍不得花钱。娘不缺钱，他也不让娘缺钱，可是娘还是舍不得花。他曾想给娘请个保姆，娘不让，说："我能打能跳的请啥保姆？"其实，娘既不能打也不能跳了，娘骨质增生，走路已不灵便了。他也曾想让娘跟他住一起，娘说："不习惯，还是老家空气好，乡里乡亲的，有人拉呱儿。城里有啥好的？街上车多人多，家里跟牢笼似的。"

娘每次这样说，他都想让她打住，"牢笼"很不吉利。

他知道娘是找借口，不是不想跟他住。美苏眼里容不下娘，娘不愿看儿媳妇的脸色，也不愿让他夹在中间为难。美苏从心底看不起乡下人，其中也包括他。在美苏眼里他永远就是一个没素质的乡下人，尽管后来他身居要职，美苏也觉得他的这一切都是她父亲给的："没有父亲的影响力，你能有今天？"

他的奋斗某种程度上是证明给美苏看的。他要证明他不是没素质的乡下人，他要做比她父亲更高的官，挣更多更多的钱。

后来他碰到了耿燕，她给了他美苏没有给他的温暖。美苏知道此事后并没有吵闹，直接去美国给儿子做陪读了。美苏很现实，她知道自己无法驾驭如今的他了。

娘做好了玉米粥，好香好香的玉米粥，他足足喝了两大碗，喝得畅快

淋漓。

碗筷是他刷的，娘不让他刷，他坚持要刷。娘当然高兴，笑眯眯地在旁边看着。

晚饭后娘儿俩拉了很久的呱儿，芝麻核桃，陈年往事。娘问他："工作可好？孙子在美国可好？"他支支吾吾地应着，心不在焉。

看天色晚了，娘给他支了蚊帐。他让娘睡支了蚊帐的那张床，娘不肯。睡觉前他塞给娘两沓钱，娘吃惊地盯着他："为啥留恁多钱？娘花不了这么多钱。"他让娘留下，说："万一用着了也方便。"娘不肯，硬把钱塞回去，娘说："没钱了不能找你要？"

他回答不了娘的话，夜里偷偷将钱塞到铺盖下。

他脑子乱，睡不着，偏偏蚊帐里钻进一只蚊子，在他耳边嗡嗡嗡，嗡嗡嗡。他身上痒，更睡不着。

他想开灯捉蚊子，怕影响娘，只好忍着。

嗡嗡嗡，嗡嗡嗡。他奈何不了蚊子，蚊子更猖狂，他身上被咬了很多包。

嗡嗡嗡，嗡嗡嗡。已经后半夜了，他看娘睡熟了，实在忍不住，开灯捉蚊子。

啪啪啪，他满蚊帐拍，总是拍不到蚊子。

娘醒了，娘来拍蚊子。娘说："你别动。"娘一只手伸在蚊帐里，一只手留在蚊帐外，等蚊子落稳了，啪！一下将蚊子拍死了。

娘看看两掌血，说："它只要钻进来就跑不掉。蚊子这物件钻进来就得吃饱，吃饱它飞不动了，非死不可！一只手在里，一只手在外，两面一夹，一拍一个准儿。"

娘的话让他出了一身冷汗。他辗转反侧，心乱如麻，一夜未眠。

他很早起床，给娘做了早饭。都是娘给他做饭，这是他第一次给娘做饭。

娘高兴，吃得很香，他却吃得很少，心里五味杂陈。

的哥很守信,早早地来了。

他上了车对的哥说:"回龙城。"的哥吃惊地问:"不是要去更远的地方吗?"

他回头望了望仍站在街头的娘,对的哥说:"不,就回龙城。"

安　神

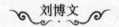

刘博文

孩子一哭，剃头匠的手便抖了起来。

剃头匠有个好听的名字，细明。

细，方言里小的意思，叫来顺口，陆石河边比细明辈分小的人，估计比河里的浪花还多。

细明细明，不年轻了。

"之前一天还能剃上三十号人咧。"他端着茶碗，从前的事在眉宇间行走，似乎一停下就变成了皱纹。

"手掌心里也有。"细明示意道，将手掌摊开。果如其所言，阳光照射下能够清晰地看见手掌上的皱纹，以及经年劳形于案牍的角质。

"老辈人常说几个螺纹富来着？"他调笑道，从脸盆架上取了毛巾，一片已经洗得发白的毛巾，轻轻揩下自己的汗。

汗从额角流出。

用时下年轻人的视角来看，细明的发际线已濒危，顺其手指方向望去，店里摆设亦皆处于陈旧状态。

一路货色，比后巷那批人强不来多少。

他们唯一的共同点可能就是人气了，人气即生意，老城人质朴，言语里不爱沾染俗气为多年墨守的习惯。

暂不论属精华或糟粕。

习惯这东西，讲不清的，正如眼下，细明屋子里排座的人们，围着一个简易的煤炉子，炉膛都坏掉了，里面塞着零散的柴火。

时近深冬，柴火经过燃烧后散出好闻的木香。

"稍微让让!"细明拎着一大壶水走过来，水呈匀速晃荡，十年前可不这样。猫着身子躬在炉边烤火的人插嘴:"还有多久轮到我?"

问了也白问，常来细明家剃头的老主顾们都晓得，他性子慢，打个不恰当的比喻，如煤炉上坐很久才能冒出热气的温水。

细明总说:"剃头这事儿，急不得。"

得先洗面，取煤炉上将开未开的热水，倒入旧时搪瓷盆中，客人面朝下，在细明轻柔的手法里进入一种缓和的状态——到这儿，人身心基本上就放松了。取毛巾，擦拭干净。

开始剃头。

插上电的剃刀没有手推子好用，但为了应付店里的主顾，多数都赶时间，只得作罢，只有真正从过去走来的人才晓得手推子的好处，可又能怎样?

它不还是四平八稳躺在细明的木盒里……

细明感叹一声，手上动作便放慢了些，似是回忆起往昔岁月里的声音——只属于手推子的声音，干净且安静。

现如今，谁在乎!电推子在客人头皮上爬来爬去，反反复复地摩擦出自己的步伐。围坐在火炉边的人闲聊着最近发生的事，面庞给炉火衬出光亮，人活一世图的就是个面子，大家之所以愿意等待，就是离不开那两个字——手艺。他们信细明的手艺，你能拿他们有什么法子，看看人家把刚出生的小孩儿都带到这儿来剃头，再瞧瞧屋子里的摆设，陈旧得不像是个完整的屋子了。

"搞不懂。"

"是呀,和新开的那些理发店门外五光十色的环形柱相比,着实没有什么可比性。"

"况且这一片都算危房咧,墙角的裂缝、横梁的不平衡、倾斜的地基,实地勘察下来,问题比想象中还要多。"

"现在已经不是列入不列入的问题了,是必须得拆!和后巷那批一起……"

前头说过,老城中,如细明般的人仍有许多。旧城改造的负责单位经过数次讨论,本着多数服从少数的意愿,决议要彻底拆迁的,这也是六生带队先后五次拜访细明的原因所在。

毕竟,近几年雨季持续得越来越久,据气象台讲台风也在增多,位于沿海地带的老城更需做好防范。

得让大伙儿安神。

先安神,才能让百姓安生!

一个念头从六生脑中火速闪过。"倒不如放弃之前的方案吧。"面对大家眼睛里渐生的疑窦,六生说道。

"放弃不意味着让危楼继续存在,条条大路通罗马,细明以及后巷的老师傅们并不是没有存在的价值。你们都看见了,他们的人气依然很旺。我们要着手做的,是将这把火再烧起来,烧得猛烈些。

"不如,将他们聚齐来,做条老手艺街?网上这样的创意街可时兴咧!"

一念及此,六生带领着小组成员大步流星地从细明店里走出。神奇的是,先前坐在皮椅上接受剃头的小孩子居然不哭闹了。

一脸安神相窝在皮椅子中。

水已烧开。伴随着壶水烧开的清脆声音,六生打出一个轻快的响指,好久没有如此自在的感受了。

身后,从盒中抽刀的细明神气十足,宛如电视剧里英气逼人的将军:"剃胎毛,急不得,得用手推子的!"

门　槛

汪菊珍

　　连婆家在后堂前西端,檐廊比人家浅。廊下向西有个石头门洞,外面就是通向大街的藕荷弄。我记忆中,第一次穿过二房厅上街,是爷爷拉着我的手去的。一进又一进高楼,一个又一个台阶,末了还有一个高大的石头门洞。门洞的顶部和石柱上部,爬有细细碎碎的青苔。

　　连婆家出入的门在檐廊下,朝东。两扇高窄的木门,门槛低低的,中间部分变得薄了,外面还布满了密密匝匝的倒刺。这个门槛的对角,也是一个门槛。对角门槛朝南,厚木板做的,很高。门内有楼梯,门背后有一扇门,连通阿红家隔壁那间。这间房子不住人,花格窗户紧闭,窗前的水门汀特别光滑漂亮。

　　连婆高高的,瘦瘦的,眼睛黑白分明,鼻梁高而窄。她说话爽直,走路很快,如果不去生产队,总是在两条门槛之间进进出出——楼梯下放着三脚棚、晾竿、高凳、芦席、衣服、被头,生产队分的棉花、自留地里收的菜籽,都由她一手整治。

　　连婆的儿子叫阿连,阿红就叫她连婆。她其实还不老,只四十出头。可能连婆家是谢姓的老住户,阿红家搬进得迟,阿红的父母教孩子如此叫了她——当时的人喜欢人家叫自己大一辈。她也有自己的名字,叫银珠。于

111

是，在田头我叫她银珠姆嬷，但到了二房厅后堂前，就跟着阿红叫连婆。

连婆在生产队劳动，也行动带风。她手快、脚快，因为在私塾里开过蒙，讲话与一般妇女有所不同。然而，当时女人讲究多子多福，生五六个是常事——养的时候辛苦，儿女长大，田地里都是帮手，而连婆只生了一个儿子阿连。可能因为这样，我总是感觉，连婆在那群妇人里，有点儿失落孤单。

连哥长大，连婆娶了儿媳。媳妇叫春梅，我叫她春梅姐。春梅姐从小镇南面的村庄嫁过来，屁股有点儿大，说话慢，走路也慢。田里的妇人说连婆："你以为屁股大，就一定会给你生孙子了吗？"连婆却理直气壮地说："任凭她生男生女，这又不是我能做主的。"

然而，当春梅姐有喜，连婆还是紧张得不得了。她曾经拉着过路的孩子，悄悄地问："新娘子会生个儿子吗？"——这是东河沿婆婆最喜欢玩的把戏，但是，那个孩子已经十多岁，照道理已经不准。孩子自然说是儿子，但是，春梅姐生的却是女儿。"开了一朵金花。"这是连婆当着众人说的，脸上带着笑。

然而，此后就常见连婆坐在门槛上，独自沉思——好像在听着楼上春梅姐的动静，准备随时上楼去照顾母女两个。但是，阿红却告诉我，这是连婆在做思想斗争，让我悄悄地，不要过去打扰了她。思想斗争，这是当时的时髦话，已经用烂了，阿红用在连婆身上，让我有点儿不懂。

不过，此后的连婆，变得特别忙碌。除了去田头，带孙女，她还在后门口那块和四房祠堂相邻的空地上，搭了一个矮草棚，养了两只猪。她养了更多鸡鸭，灶间关着不够，楼梯下也做了鸡舍。她还把楼上的箱笼翻了个底朝天，凡是值钱的衣物，都拿到后街旧货商店卖了。最后，连婆还把压箱底的几个银洋钱，也换成了现钱。

是的，她在聚集一笔钱，准备让春梅姐再生一个——那时，虽然已经提倡只生一个好，但是，如果交上足够的款项，也可以再生一个。大的孙女刚爬得过朝南的高门槛，连婆就从什么地方得来一个生儿子的方法，悄悄地告诉了春梅姐。春梅姐也没有辜负连婆的期待，果真又有了喜。

听说，田头的妇人又和连婆开了玩笑，说："如果媳妇春梅再生一个女儿，你银珠大妈还是如此好待她吗？"连婆当然又说了男女平等的话。怕人不相信，她还当众宣布，如果再生一个孙女，请大家吃落地面——东河沿人的风俗，凡家里添丁养孙，亲戚邻里得分一碗喜面。

然而，十月怀胎，一朝分娩，春梅姐又生了一个女儿。这天，连婆在医院里仍然强颜欢笑，回家她就坐在朝东的门槛上发呆。太阳光从石头门洞的青苔上消失了，她还不吃晚饭，依旧坐在门槛上。这天，整个后堂前都静悄悄的——大家早早吃了晚饭，各自关门睡觉了。

第二天，我从阿红那里知道，连婆这天晚上没有上楼睡觉，她在楼下的门槛上坐了一夜。还说，这是连婆的婆婆留下来的习惯，碰到不高兴的事情，不和人计较，只和自己过不去。至于连婆的婆婆碰到过什么难事，阿红说不清楚，我也没有细究。

后来，终于从生产队妇人那里知道了，连婆的婆婆，是出身名门的富家小姐，年轻寡居，独自带大儿子，娶了媳妇连婆。连婆过门不久，就生了连哥。婆婆欢喜，把当家的权柄都交给了连婆。然而，奇怪的是，连婆生了连哥以后，身子再也不见有动静。

对此，连婆的婆婆没有说一句责难的话，只是半夜三更仍坐在门槛上。

连婆是聪明人,她知道婆婆的心思,也不说破。后来,老人卧病在楼上,连婆悉心照料,最终把她送到了山上。连婆送走了婆婆,却留下了婆婆的习惯,在碰到烦心事时,也总是坐在门槛上冥思苦想。

春梅姐坐满了月子,连婆按照约定,请生产队的妇人们来吃喜面。里屋的凳子不够,妇人们端着面碗,坐到了外面的门槛上,嘻嘻哈哈,闹得很欢。春梅姐听到了动静,也抱着孩子下楼来,一屁股坐到了朝南的门槛上。连婆忙说:"这个门槛不结实,当心摔了小毛头。"

不久,连婆买来木料,请来木匠师傅,把朝东朝南两道门槛都换了新的。从此,只见春梅姐带着两个女儿在门槛上玩,大的跳上跳下,小的爬进爬出。连婆一边忙碌,一边笑看着她们,有时也会数落几句,嗔怪春梅姐管教两个女儿太严。

总要说了算一次

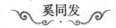

奚同发

明白孩子们要谈什么,是那些她必须接受的事实,虽然大夫也暗示过,但她还是不愿意相信,更不愿意那样做。

丈夫病危,70 多岁的他如何治疗是个值得"研究"的事情。自己老了,即使不老,家里的决策也基本没有参与过。如果丈夫身健,她根本不用操心家事大小的决断。她这一生,有一个可靠的丈夫,他是个普通的铁路工人,绝对也是个好男人,做事果断、硬朗,很少因为自己的事麻烦别人。在单位是多年的先进工作者,有时因为孩子被老师批得脸红,但回到家就笑哈哈了。

如今他躺在病床上,20 多天不省人事,家里的大事小情不得不由孩子们决定。她还在等待,甚至可以说对孩子们可能决策的结果十分明了,谁让她是他们的娘呢?

女儿扶她到医院的一个会议室,偌大的圆桌及数十把椅子,仅他们四人,她呆呆地望着三个孩子。

大儿子犹豫了些时间,还是先开了口。说话前,他一次次清嗓子、抿嘴唇。她知道,这是他紧张的表现,从小到大,都改不了。不管说了多少话,多么艰难地开口,怎么绕来绕去,但结果都那样,他同意并支持医生的建议,放弃治疗:"毕竟爸这么大年纪,动大手术抢救,而且不是一次手术,其结果不

一定如人意，又耗费不少钱财，关键有可能人财两空。老人体弱，也不一定能承受得了手术……总之，既然救治意义不大，不如让爸安静地走，少受点儿罪。"克制着表达完这些，他蹲在地上，两手抚脸痛哭。他是长子，跟她一起的年月最长。她看着他长大，上大学，工作，结婚生子。她太了解他了，丈夫生病的这些日子，他顾小家顾大家，有时一夜一夜守在病床前，缺少睡眠的他两眼常常通红，像刚刚哭过。应该说，他是个孝顺的孩子。

她的目光移向女儿。一向爱笑的女儿早满脸泪，也没说什么，迎着她的目光，女儿慢慢地点点头。那瘦削、苍白的脸，那重似千钧的头，点了那几下，似乎用尽了全身气力，她扑到桌面抽泣起来，两肩剧烈地抖动，兼有浓重的鼻音，几近哽咽。她是丈夫的掌上明珠，自小到大，丈夫没动过她一指头，也不允许哥哥弟弟说她一个不好。有时被她气蒙了，丈夫的手高高地举起，从她脸前划过，却落到他自己脸上或大腿面……送她出嫁时，丈夫把自己关在屋里哭了一天。回门时，他对女婿说："要对她好，一定要对她好，有一天她为你生了女儿，你就会明白爸对女儿的感情。"从她出生那天起，他就心疼地想到她未来必将出阁，他珍惜跟她一起的分分秒秒。

小儿子一直病恹恹的，身体打小不好，丈夫三天两头骑自行车带他看病，有时还到乡下找那些传说中的老中医。生他时，难产，医生问保大人还是保孩子，丈夫一口咬定，大人小孩都保，这才有了小儿子的小命。出生两个月，小儿子几度遇险，有一次医生说："已没心跳，没法救了。"丈夫一个大男人跪在医生面前哭喊："再救救吧，再救救吧！"出人意料的是，回到急救室的医生不久伸出头来说："活了……"丈夫一直小心地呵护着他，像对待玻璃人。她望着小儿子有些酱紫的脸，那是他标准的发急时的表情。他急切地说："妈，我本来不同意，可大哥、二姐他们……我听他们的，也听爸的……"说完低下头，抠着手指头。他想解释，但口拙没说什么，这样一个环境下，唯他没有哭。

其实早在丈夫此番病危之前，就曾给她说过，如果他病重，别给孩子们添麻烦，可以省下钱来，让孩子们孝敬她。

会议室里，听着儿女的哭声，她咽了一口唾液，喉部极度干痛，然后抹了一把泪，果断地说："孩子们，既然大家意见一致，就不哭了，就这样办。如果你爸听到，肯定也认可这意见。"

三个孩子望着她先是一愣，短暂停顿后，大家再次禁不住痛哭。

几分钟后，她冷静地说，即便如此，至少让她跟他们的爸、她的男人再一起待最后一天。明天上午，孩子们各带家人来与老人告别……两人一起生活了几十年，这最后一天，她要独自留下来跟他说说话，像两人刚成家，仅仅他两人，还没一个孩子。

双眼通红的大儿子、二女儿同时点头，小儿子望着她不语。他们后来在医院门口商量，还是轮留守在楼下，以便妈有事随叫随到。

次日，他们一起来到重症监护室，爸竟然不在，妈也不在。三人急急找医生找护士，才知是妈昨夜12点多安排车把爸接走了，说是接回家，不治了。

家人报警了，在报纸、电视、广播上一次次发寻人启事。从那一日起，开始漫长的寻找两位老人的过程。

尔后，每逢父亲节，他们的孩子向他们问候父亲节快乐时，他们常常互

通电话,说得最多的一句话是:"如果爸还在世,多好啊! 可妈在哪儿呀?"

　　一年又一年过去,2018 年端午节前夕再次迎来父亲节。大哥把妹妹和弟弟约在一起,三家人围桌吃饭。刚举起酒杯,三个人突然不约而同地哭了,几个孩子举起筷子停在半空不敢伸向菜盘,望着父母面面相觑……

双城记

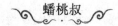

蟠桃叔

最开始,张夕颜是高速公路管理站的收费员。

她在两个城市之间的路段守着小小的收费亭,迎送车水马龙。

这两个城市,一个是属于她自己的,有她的童年和初恋;另一个是陌生的,一个认识的人都没有,只是知道盛产杨梅。

在两个城市之间尴尬地守着,来往的车辆都和光阴一般如织如梭,张夕颜感觉这样下去自己会匆匆老去。

她不喜欢这样的工作,辞了,回到了自己的城市找新工作。在快餐店、广告公司,还有一个三流剧组轮着做了一番,挣了点儿零花钱,但都不够用。

有一天,张夕颜穿了件白色的裙子路过一家花店,看见花儿很美,就稀里糊涂去应聘,说话时斯文且甜美。店主马上喜欢上了她,并录用了她。

张夕颜窃喜而不忘形,很快就学会了插花和揽客。她也会给客人送花,穿过几条街,捧着玫瑰或百合,街上就有许多人看她和她怀抱的花朵。

怀抱花朵的时候感觉自己被花朵怀抱着,张夕颜欣欣然地长出了翅膀,自觉成了这个城市的天使。

张夕颜的朋友也有许多,旧的,新的,都信赖她、爱戴她、拥护她,也都是这个城市的天使。他们的翅膀是塑料和金属的质地。他们都是被娇宠的城

市孩子。

第一个月发工资,张夕颜买了新手机、新裤子,剩下的五块钱她买了冰激凌。

冰激凌化了,污了她的新裤子,她把这件事情当悲剧发短信告诉所有的朋友。晚上,他们为此就聚在一个酒吧替张夕颜换心情。

当朋友一个个都散去,当酒醒,当夜深人静,当城市上空出现星星,她开始憧憬爱情。

不久,张夕颜爱上了一个清朗而且闪闪发光的男子,是暗恋。

这个男子在花店附近一家外资企业做事,新近升了职,同事订了花贺喜,恰好是张夕颜给他送花。

见了他,如露水见了阳光,如船落了风帆,如断线的佛珠散落一地,她的嗓子干干的,想照例说贺喜的话,却突然没了底气。一瞬间她只感觉自己装束可笑,人生无味,第一次没有了穿拖鞋上街的自信。

他和同事用英语谈笑,见了她递来的花,换了汉语,说"谢谢"。张夕颜红着脸离开,出了门,大口地喘气,像缺氧的鱼。

几天后,他出现在花店,她的脑子里除了一句"欢迎光临"外什么都没有了。

他显然认出了她。他对她微笑,让她帮他挑几朵花。

她鼓起勇气,仰起脸给他背从老板那里学来的花语,说各色花卉的品相和寓意,侃侃而谈,竟有破釜沉舟的意思。

他的耳朵没听进去她的"花经",只是吃惊这个女孩子唇下有痣,耳上有孔,但眼睛里有森林的沉郁。这,就不寻常了。

他从此时常来转转,买一束波斯菊或者马蹄莲,都是简单端庄的花。

他每来一次,张夕颜就悄然盛开一次,一个花季接一个花季地绽放。

相思是那么蹂躏人心。终究是暗恋,张夕颜没有勇气和韬略让它开一朵花,露一次蕊。

　　他和她熟悉了,有时候就闲聊几句。一次他问她:"以后有什么打算?不会一直都在这里卖花吧?"

　　张夕颜没想过那么久远的事情。她,只是一个普普通通的花店姑娘,见了那么多的花朵,可她的确没有看见过一朵花如何含苞、如何怒放、如何枯萎啊!

　　张夕颜的确开始想一些事情,她想自己应该趁年轻多学点儿本事啊,将来像他一样,也做个光鲜人物,不好吗?

　　有了这样朦胧的想法后,呼地一下子,自己的翅膀不见了,那群漂亮朋友也消失了。

　　她的心里只有他了。他是她心里的王。

　　可是,有一天,他告诉她,他要到另一个城市的分公司去工作。那个城市紧挨着这个城市,这两个城市就是当初张夕颜曾经一脚跨两地的那两个城市。

他走的那天，张夕颜其实也去了他去的那座城市，并在市中心找到了他所在的办公大楼。那楼有尖尖的顶，刺破天空。

他在哪一层？他的桌上是什么花？谁送的？他已经忘了她是谁了吧？

诸多问题，难有答案。

在他的城市，她始终没有见过他。她知道他在那栋楼，可是她已经失去接近他的理由了。他所在的楼那么高，接近了云层，真的送不上去一朵卑微的接近泥土的花啊！

回到自己的城市，张夕颜辞掉了花店的工作，向家里人声称要去隔壁那个城市上一个培训课，于是就像个钟摆日日在两个城市之间晃荡。

课上得不专心，她倒是仔细地在这个城市的街巷闲游，晚上，坐最后一趟车回自己的城市。路过那个收费亭的时候，她就努力地在收费员脸上寻找自己当年的影子。每每如此。

在两个城市之间焦躁地奔波着，来往的车辆和光阴一般如织如梭，张夕颜有点儿恐惧。她感觉两个城都不是她的城，她不知道该去哪里。

几天后，张夕颜回到乡下外婆家，两个城市从此都远离了她。

在那个满是向日葵的村庄里，她关了手机，专心地看带去的几本书；累了，让外婆教她刺绣，绣鱼啊，鸟啊，云啊，花啊之类的。

不小心将食指扎破，张夕颜含着流血的食指，很平静地想着以后长长的日子。

外婆说村子附近白云山上的白云寺很灵验，可保佑人一生安乐。

张夕颜抬头望望，看不到山外的任何一座城市，只看到远处山坡上吃草的羊。

张夕颜就想：心无杂念，一生即可安乐。你的城，我的城，各自坚固。即使不在一起，也要一起成为山上的牧者，各自有各自的羊群，各自有各自的草坡。

隐　藏

张志明

　　晚饭后,队里饲养室又热闹起来。保管员坐在洋油灯下,等社员们来记工分。报完自己的工分,很多人并不走,床上、地上、生火没生火的煤火台上,甚至牲口的饲料缸、水缸沿儿上,随便坐着、歪着、圪蹴着,要喷一会儿闹一会儿。

　　饲养室是西屋,三间,全通着,三个门,两边的门牲口走,当中的门人走。中间靠西墙铺着一张床,北面门后是煤火台。北头拴着四五匹骡子,南头喂着四五头驴,还有一头牛。牲口们头都冲着中间,两排石槽南北相对,把房隔成三间。

　　饲养员黑生正忙着给驴们骡们添草加料。

　　坐在床边的罗圈儿笑着说:"晌午去樱红嫂家借斗,撞见她正在屋里抹身,光穿个裤衩,还跟个刚薅起来的脆萝卜样,水灵灵白生生哩!"看着黑生拿着簸箕又要出去,罗圈儿说:"黑生叔,你抓紧吧,再过几年,都成枯楚腌萝卜了。"

　　黑生扔了簸箕,抓起马勺从缸里舀了一勺水兜头浇了罗圈儿一身。罗圈儿大呼小叫,夺门而出,跑了。

　　在饲养室喷足了闹够了,几个人又钻进放草料的堂屋。那要饭的又

来了。

要饭的是个男人，沙哑嗓，黑且粗糙，四十来岁，拉个平车，车上躺着瘫子老婆，旁边跑着仨小孩儿。他可是庄上的熟人，差不多每年都要来一回胡家桥。

要饭的把那瘫女人娇养得不行。女人不仅瘫，还哑，不能下车不会说话。社员们把饭端到街上，要饭的总是把稠的热的先让老婆小孩儿吃。瘫女人也争气，给他生了仨孩儿，两女一男，个个旺条条的。

每回来庄上，在街上吃了饭，要饭的就把车拉到饲养室院里，黑生跟他一起把堂屋的乱稻草铺铺垫垫，几口人住一夜。

把瘫女人照顾躺下，要饭的就来饲养室跟黑生说话、吸烟。仨小孩儿也跟来，在两边给驴们骡们喂草。

要饭的也知道黑生和樱红的事，两个人吸着烟。要饭的问："恁俩还没成？"黑生拿烟袋去缸沿上磕掉烟灰，讪笑着说："孩儿们太多，顾不住。"

樱红有仨儿，男人死了六年了。黑生仨闺女，老婆死了五年了。

黑生老婆死后第二年，社员们干活时就开始逗他俩："两家搬一团儿过算了，现在是老两口儿，将来是四对，多好，肥水不流外人田。"

说得多了，黑生看出樱红也有意思，就跟爹娘姊妹们商量，谁知道家里人全都不同意。樱红那边也一样，娘家人一致反对。

俩人都是仨小孩儿，日子都过得紧巴巴哩，吃不够吃，穿不够穿，平常都是家人亲戚接济才凑合着过的。要是两家合一块儿，六个小孩儿，两头的人都不想再多管几个外姓人了。

这事就拖了下来。

虽然事没成，有人曾半夜碰见过黑生在樱红家房前敲半天门，樱红就是不开。

樱红有一对狭长细眼，就像长着两条敏感柔软的触须，只要和人稍有对视，便立刻弹回。

要饭的和黑生吸了会儿烟说了会儿话,拿起马勺去漂着草末的水缸里舀了水,咕咚咕咚喝下,吆喝孩子们去睡觉。他说:"天太热,明个儿要起早趁凉快走。"

第二天早上,要饭的4点就起来了,先把老婆抱上平车,又把迷迷瞪瞪的几个孩子也放到车上,跟黑生道了别,拉起车走。

饲养室院外是队里的秧池地,一条斜路通到东边大街。黑生把他们送到路边。

看着要饭的拉着老婆孩子在黑黢黢中远去,黑生在路边立了半天,突然就想起了樱红。烟吸完了,他本想回家一趟去拿烟丝,想了想,返回饲养室,从缸里抓了一把玉米装兜里,才回家去。

就恁巧,朦朦胧胧的街上,樱红手里拿着一包东西也正悄然走来。黑生拐进自家胡同,樱红走过了胡同口。俩人错过。

到了饲养室,门锁着,樱红就返回身来黑生家。

走到黑生家门口,樱红瞧见黑生正从院里出来,隐约见他手里也掂着一

个黑乎乎的东西。

情急之下，连樱红自己也不明白自己，她一闪身躲到了墙拐角后面，眼睁睁地看着黑生出了胡同。

樱红的心怦怦跳，怨自己，专门来了，怎么就……

樱红以为黑生回饲养室了，轻轻地进了他家，将那包东西放到了门缝里。

再出来，樱红在大街上站了半天，还是回家了。

樱红开了锁，轻轻地推开门，一脚迈进去，踩到一个软软的东西，她差点儿叫出来，心一下子蹿到了喉咙眼儿，腾腾狂跳。

樱红先以为是猫，在心里骂："要死呀，卧这儿干啥？"樱红慌乱地迈过去，低头去打、去踢。

却不是猫。

樱红点了灯，拿起来，居然是个小小的布袋，小月娃枕头一样，里面是两升玉黍。

樱红一怔，一下子明白了。

舀了半瓢凉水喝下，吹了灯，樱红坐在正间，愣了半天。

然后，樱红去门口看看外面的天，还早。

她拢拢头发，又出了门。

快到饲养室时，她偏遇到起早的王七婶。

王七婶看到她，问："这么早起来干啥哩？"

樱红只好停下，躲闪着眼睛："猫跑出了，不知跑哪儿了。"

王七婶瞧瞧她，问："今儿个打扮哩这么利索咋哩？"

樱红还是躲闪着："等会儿想去俺娘家哩！"说完往回走，喊猫。

早上，黑生仨闺女起来上学，在门里发现一个油纸包，抻开口一瞧，是三碗酸菜。

黑生最爱吃酸菜糊涂面条。

吃罢早饭，樱红出去躲了大半天，假装去娘家。

送　水

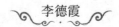

李德霞

爹在我家院里打了一口井,井水很甜,很凉。

爹还请村里的木匠在井口装了个辘轳。从此,爹就再也不用到离村一里地的老龙潭去挑水了。

我家西院,住着银环。银环是个寡妇,几年前死了男人,带着个六岁的黄毛丫头过日子。别的不说,光冬天挑水就让她吃尽了苦头。爹思来想去,终于在一个清亮的早晨,把我家西院墙扒了个豁口,让银环也上我家院里来挑水。

自从有了这个豁口,银环挑水方便多了,不用出院门,跨过豁口就来到水井边。一根扁担,两只水桶。扁担颤颤悠悠,水桶颤颤悠悠。挑着水的银环,脚步轻轻快快,细腰扭扭搭搭。

有时,银环来挑水,赶巧爹在家,爹一准会丢下手头的活计,跑过去搭把手,甚至不顾银环的阻拦,夺过扁担,挑起水桶就迈过了豁口。

屋里的娘看见了,那张脸拉得比爹扒的豁口还难看。

秋去冬来,爹进城去开会。

爹是村里的支书,每年的这个时候,他都要进城去开会,一走好几天。

爹走的那天晚上,漫天大雪下了整整一夜。村里村外,白茫茫一片。

山里的狐狸找不到东西吃,那晚就蹿进村子里,叼走了我家一只老母鸡。

娘心疼得直掉泪。咒过几遍狐狸后,娘的脸上突然露出了笑容。娘老早就想堵上那个豁口了,只是找不到借口,狐狸的作恶成全了娘,给她堵上豁口提供了最好的理由。于是,娘不顾天寒地冻,和泥搬坯,吭哧吭哧,不出半日,就把那个豁口给堵上了。

娘拍拍身上的泥巴,揉揉冻红的手,对着那个歪歪扭扭的豁口说:"害人的东西,有本事你再过来?"

那晚,娘睡得很香,甚至打起了轻微的呼噜。

几天后,爹开完会回来。

走进院门,爹第一眼看到的,是被娘堵上的那个豁口。

进了屋,不等爹开口,娘抢先道:"都怪你,好端端的院墙,扒个豁口,让狐狸钻进来,叼走了咱家那只老母鸡,害得我堵了老半天……"

爹呵呵一笑:"你那不是堵狐狸,是堵隔壁的银环,对不对?"

娘的脸一红,又一白。娘剜爹一眼:"瞎说!"

"就你那小心眼儿,能瞒得过我?"爹操起炕头上的旱烟袋,"不过,你堵得也好,省得我再动手了。"

娘愣愣地看着爹:"你挖苦人?"

爹说:"我说的是真话。"

"这话咋讲?"

爹划根火柴,点着旱烟,吧嗒几口说:"这次会上,我认识了上马村的乔支书。乔支书和我同岁,几年前死了老婆,想再找一个,但没合适的,我就给他介绍了银环。没想到,乔支书跟银环还是小学同学哩……乔支书答应明天就来见银环。依我看,这门亲事,十有八九准能成……"

娘低着个头,不吱声。

爹说:"你说,那个豁口,你是不是堵对了?"

娘看着爹，拧着眉头说："要不，我把那个豁口再扒了？"

爹脸一板："你这不是解开裤子放屁吗？"

娘想了想，脸上突然有了笑模样。娘扭身出了门。

爹抻脖子瞅着走出屋的娘。

娘来到水井边，麻利地摇满两桶水……

娘操起扁担，挑起水桶，一扭一扭出了我家的院门……

屋里的爹，嘿嘿地笑出了声儿。

月下美人泪

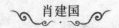

肖建国

惠州城有两大养花高手,一个叫黄金,一个叫季献民。

称得上高手的,总得有点儿绝活儿。

先说黄金。

从黄金记事起,他家人就是花匠。别人养花大都为了观赏,而黄金家是为了生活。他家以种花卖花过日子,开门七件事,柴米油盐酱醋茶,全靠花。所以黄金从小就跟着家人干养花的活儿。八岁,黄金去上小学。刚好校园在翻整,墙角要种一排花。有员工过来问:"种什么花?"校长沉吟了一会儿,说:"种白鹤仙吧,陆游不是说过'芳兰移取遍中林,余地何妨种玉簪'吗?"

校长对古诗词有研究,这"玉簪"就是白鹤仙。

黄金一听,就说:"不行不行。这玉簪不能种墙根儿,晒都会晒死。"小儿信口雌黄,校长哪会放在心上?果然种上不多久,这玉簪全都晒死了。

校长对黄金刮目相看。黄金读到初二,辍学了。他成绩不好,整天就想着如何侍弄花草。校长说:"你回去也好,花草有本心,说不定能让你黄金万两。"

校长还真说对了。十多年后,黄金成了惠州城花卉行业的大佬。他不种一般的花,只种奇花异草。比如兰花走俏时,惠州城里的花匠都去养,春

兰、蕙兰、建兰、寒兰、墨兰，你方唱罢我登场。朝京门的王胡子竟养出了猴脸小龙兰。一茎一花一雷公，粉面蒜鼻红头发。嘿，奇了。轮到黄金出手，养的是蝴蝶兰，品种虽一般，可花蕊里包含着一只展翅欲飞的白鸽，栩栩如生，绝了！

再比如，养有月下美人之称的昙花。黄金能让昙花在白天开放。这个，稍有养花经验的人都会。白天将昙花用黑布蒙起来，不让其见光。到了晚上，则用射灯对着照，照得昙花"阴阳颠倒"。一个星期后，昙花彻底蒙了，不得不顺从人意，在白天开放。虽然都会，然而都没黄金的昙花开得艳，开得大，开得多。黄金的诀窍在哪里？据王胡子说，黄金爱搞嫁接，不是一类的花，也硬要把它们"嫁上"。

黄金的昙花供不应求。为防假冒，他在每盆花上都系个标牌：黄金之花。王胡子有次在黄金家喝了点儿酒，对他说："你养花虽好，可比不过季献民。"黄金心里咯噔一声。

季献民是教书匠，退休后回到家里，开始养花。他只养四种花，梅花、兰花、昙花、菊花。可能因为竹子不方便"院养"，就把这"四君子"中的一位换成了昙花。他养的花不卖，只送人。

送人也看对象。王胡子同季献民认识多年，也只得到过一盆。

季献民养花好在哪里呢？黄金想去看看。

季献民家住在东江边,门前有棵木棉树,老干横枝,雄姿英发。据说每到春天,木棉花开,这树冠就成了燃烧的火焰山。

有同行来访,季献民忙迎出屋外。黄金开口便说:"听说你的花种得很好,特来向你请教。"按照黄金的想法,若季献民不愿意,稍稍皱下眉头,他寒暄两句便走。毕竟有技艺的人都怕外露。

没想到季献民非常高兴,连说:"岂敢岂敢,今日你来得正好,晚上我有昙花盛开,正好一起观赏。"

季献民的花种在后院,有三四个屋地大小,木架上按品种分类,养的全是花。有幼苗,有成品,有的正热烈地开放,花香扑鼻。黄金仔细地嗅了嗅,这花香与他那里香得不一样,香得纯粹、甘甜。真是奇怪了。

再看昙花,黄金更为惊讶。有很多盆都是他家的,"黄金之花"标牌还在呢!季献民说:"这些都是别人丢掉的,我捡回来重新修整。昙花花期短,可它命长。救人一命,胜造七级浮屠;救花一命,它知感恩。"

这高论,黄金第一次听说。晚上,季献民刷牙漱口,净面洗手,清理好自身,才进入后院。后院里没有灯,星月辉映,影影绰绰。黄金莫名地感到一阵心虚。

"就这样赏花?"

"对。不过,你坐着,我还要做点儿事——来,看着这盆昙花,今晚她将为我们绽放。"季献民边说边拿出一管笛子来。黄金发现今晚要观赏的,正是之前他卖的昙花。

笛声响起,婉转悠扬,伴随习习凉风,如清水般掠过黄金的心田。黄金不懂旋律,更不懂诗文,但此刻,这如怨如慕的笛声让他觉得身心变空,身体变得轻盈,有一种要飘起来的感觉。

醉了,还是晕了?黄金想不明白。他只想随着这笛声向上走,向上飘,最好能飘到云端去,再也不回来。然而,笛声戛然而止。

昙花开了。

在月光的映照下,昙花的花蕾慢慢翘起。随着笛声的缠绵,昙花如同少女一般,很害羞地将淡紫色的外色慢慢打开,一层层,一片片,有序地展现洁白芬芳的玉体。当花心完全展露时,忽地,满院飘香,如雪般的大花朵就这样猝不及防地绽放了。最让人惊奇的是,每朵花片上都凝聚一滴晶莹的"泪",在月光下闪着温润的光,并当着黄金的面滴落而下。有的落到了黄金的膝盖上,透出沁人心脾的凉!

黄金彻底呆了。好久,他才醒悟过来。

月偏西,黄金辞别季献民。转身,他发现季献民家门口贴了一副很显眼的对联:

相看何须尽解语

爱花最是惜花人

"这对联,进去时怎么没看到呢?"黄金自言自语。

桐花开

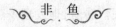

非　鱼

大清早，太阳刚刚升起，薄雾还没有完全散去，麦秸垛上有潮润的水汽，草尖上挂着细碎的露珠。偶尔能听见一声绵长的牛叫，或者几声清脆的画眉叫，间或有风箱发出慵懒的"咚——啪——"声。

刚刚经历过忙碌的秋收秋种，整个村庄沉浸在一种带着凉意的闲适和静默中。打破这种宁静的是武他娘。

有人刚端上酸滚水，有人已经吃完上了崖头，蹲在碌碡上吸烟。武他娘忽闪着袄襟从后沟一路出来，站到场院边那块小高地上，手掌在屁股上一拍，骂人的话张嘴就来。

"哪个绝户的你出来，看我不撕烂你一家的嘴，打断你家老母猪的腿。"

听了这句，就知道武他娘的咒骂对象并不确定。这样，各家各户的男人女人都放了心，揣着一种轻松愉快的心情，喝完碗里的酸滚水，刷了锅，洗了碗，用洗锅水拌了猪食喂完猪，再给鸡扔一把玉米粒，悠然地走上崖头，找一个合适的位置，或站或蹲或坐，勤快的女人手里还拿着鞋底，耳朵不闲，手也不闲，看热闹。

武他娘刚嫁到观头村的时候，还叫桐花，扎着两根瓷实的大辫子，腰肢细软，圆盘大脸，像刚出锅的白蒸馍一样暄腾，谁见了都说是村里的"人样子"。

武他爹叫胜。胜长得膀大腰圆，从崖头上经过，咚咚咚，脚是一下一下砸在地面上，在窑里都听得真真的。胜有一把子力气，干活儿也不惜力，小日子就过得如油和面般滋腻。

武刚满三岁那年，他妹妹酸枣还在桐花的肚子里，胜去县里修水库，在山洼撒尿的时候，一块碗大的石头掉落下来，正好砸在头上，他连喊都没来得及喊一声，就悄没声地走了。

胜走了以后，桐花挺着大肚子去找村里，找公社，找县里，想给胜讨个说法。找来找去，说法没找来，酸枣降生了。等把酸枣养到三四岁，公社和县里领导换了，关于胜的问题便成了陈年往事，没人管了。

桐花慢慢变成了村里人嘴里的"武他娘"，不再是那个雪白暄腾的"人样子"，像一颗被忘在枝头的红枣，一天天失了水分，瘦巴巴黄蜡蜡的。样子变了，脾气性格也变了。以前的桐花性缓，一说一笑；现在的武他娘寡情刻薄，什么都计较，一点儿亏不吃。小孩子们一起玩，武和酸枣被别人碰一下，磕了摔了，她拉着孩子站在人家崖头上骂半天；为一根柴火棒，她能把西窑的弟媳妇吵得哭回娘家。刚开始，村里人念着一个寡妇家拉扯两个孩子不容易，都让着她，年龄大的婶子们还劝一劝。后来，她越来越张狂，什么鸡毛蒜皮的事都要骂东骂西，花样不断翻新，也越来越难听，村里人就由了她，当戏看了。

武他娘已经坐到了地上，伸长了腿，连咒骂带吟唱，从胜的死说起，说到都欺负他们孤儿寡母；说到有人黑心烂肝，揪了她崖头上菜地的秋黄瓜；说到有人把猪放出来，拱了她的番瓜秧。

"欠吃的，吃了我的黄瓜，一家烂心烂肝烂肠子……别让我打听出来是谁，打听出来我挖烂你的脸，撕烂你的嘴。"

半晌过去了，看热闹的人来来去去，纳鞋底的媳妇绳子用完了，回家取了绳子又来了，有小孩子拱在娘怀里有一搭没一搭地嘬着奶。

这时,铁匠来了。

铁匠刚从山上搬下来不久。媳妇害病死了,他一个人领个六七岁的小丫头,在后沟找了一眼窑住下,靠打铁锨、铲子啥的过活。

铁匠和胜长得像,都是大个儿紫红脸,都不爱说话,有一身力气。

小丫头听见吆喝,要看热闹。铁匠不知就里,领着孩子来到场院,离老远就听见武他娘在骂人,忙拉了小丫头要回。小丫头看见人多,死活不走,还不停地往人堆里挤。铁匠跟着小丫头,一下就挤到了武他娘跟前。

武他娘正唾沫星子乱飞,一眼看见铁匠,愣了一下。真像胜啊!她心里一哆嗦,嘴里也降了声调。

铁匠看她一眼,出于对这个村里人的礼貌,笑了一下。武他娘心里又哆嗦了一下。胜也是这样憨乎乎的,咧开嘴,笑一下,很快,像笑错了似的,匆匆忙忙收回去。

酸枣在拽她袄袖:"娘,我饿。"

武他娘看一眼铁匠,站起来拍拍屁股上的土,眼一红,拉了酸枣:"回。"

回到家,她无心给武和酸枣做饭,脑子里全是胜。她趴在炕上哇哇大哭,哭着骂着胜。她不知道怎么把日子过成了这样,怎么就成了全村人的笑话。

村里人同时看见铁匠和武他娘,似乎才想起来铁匠没了媳妇,武他娘没了男人。

没过几天,媒婆五姑先去了铁匠家,后来又去了武家,三两趟跑下来,就成了。

据五姑说,铁匠就说了一句:"没人靠依的女人才自己强出头。"

武他娘也说了一句:"胜不在,我把人过成鬼了。"

两家并成了一家,三个孩子在院子里玩得高兴,铁匠看着坐在炕边的武他娘,问:"往后,我叫你啥?"

武她娘心里软成了一摊泥,脸上淌着两行泪:"桐花。"

借　钱

赵　新

　　全村子都说这可是好事,这可是喜事,这可是好事成双,这可是双喜临门,北瓜老汉却摇了摇头感叹,这可是发愁的事,这可是要命的事!

　　原来他的一对双胞胎儿女都很优秀,一举考上了大学,还一个考到了北京,一个考到了上海!

　　北瓜老汉很生气地和两个孩子说:"这不是要我的老命吗?我浑身是铁才能打几颗钉?我能供你们一个上大学就算不赖,谁叫你们两个都给考上了?"

　　北瓜老汉很无奈地和两个孩子说:"我也不重男轻女,我也不偏三向四,我让你们兄妹两个抓阄儿。谁抓着那个'上'字了,谁就去上大学;谁抓着那个'下'字了,谁就下田种地!"

　　北瓜老汉很郑重地和两个孩子说:"这样才公平,这样才有说服力,这样才对得起你们的娘,她在地下也会安息!"

　　结果两个孩子不抓阄儿:哥哥让妹妹去上学,妹妹让哥哥去上学。让来让去,两个孩子抱在一起,哭得撕心裂肺。北瓜老汉很内疚,一腔热血涌上来,忽然坚定不移地说:"孩子们,别哭啦,你们两个都去上大学,爹给你们借钱去!"

夜深了人静了,北瓜老汉翻来覆去睡不着觉,来来回回地想:我朝谁借钱呢?怎么说怎么做,才不会碰钉子呢?就算人家借了,我什么时候才能还给人家呢?

北瓜老汉想到了村主任。北瓜老汉一下子兴奋起来:他曾经和村主任同班同桌,那次上学回来,河里发大水,村主任被冲了跟头,他扑上去把他救了起来;村主任这些年开矿山、办企业、闹得动静挺大,手里有钱,家境富裕;他比村主任大两岁,念及当年的救命之恩,村主任从不叫他北瓜而是叫他大哥,对他很是尊重。

第二天早饭以后,北瓜老汉就直接到了村主任家里,直接说了借钱的事情。村主任问他为什么借钱,他说:"哎呀,你不知道吗?全县城都嚷红了,我的两个孩子都考上了大学,一个北京,一个上海,都是国家的名牌大学!"

村主任晴得很阳光很灿烂的脸一下子就阴了。村主任气愤地说:"北瓜,你这不是故意给我弄难堪,故意臊我的脸吗?你这不是故意抬高自己、表扬自己,贬低别人、打击别人吗?你这不是故意显示你们聪明伶俐,笑话我们草包笨蛋吗?"

北瓜老汉被说蒙了,一时如在云里雾里:村主任这是干啥呀,东一榔头西一棒槌?他从来也没喊过我北瓜,怎么今天喊得这么响亮,这么解气?

村主任愤愤不平地说:"你们有才,你们厉害,你们上你们的名牌吧;我们在家也得过光景,用不着别人在我们面前趾高气扬地显示!"

北瓜老汉恍然大悟,明白自己做事莽撞,伤着村主任的自尊心了:村主任的女儿李小巧,今年也参加了高考,但是听说考得很差劲儿很糟糕,闺女天天憋在家里哭,不敢出门了。

北瓜老汉想,我是不是太猖狂了呢? 我当着矬人说短话,人家能不反感吗?

北瓜老汉想,我走吧,我往人家眼里插棒槌,钱是借不出来了。

北瓜老汉起身就走,村主任却又问他:"大哥,你不是借钱来了吗?"

这声"大哥"很热乎很动听,他把脚步停住了。

村主任说:"你借多少钱?"

他伸出一根手指头:"一万。"

村主任问:"你怎么还我?"

他回答:"兄弟,我有了钱马上还你。"

村主任说:"废话,你什么时候才能有钱呢? 一年两年,还是三年五年?"

北瓜老汉张了张嘴,答不上来。

村主任胸有成竹地说:"大哥,你就给我放那群羊吧。我每个月给你两千块钱的工钱,五个月就是一万,十个月就是两万,不算少吧?"

北瓜老汉知道现在市场上的行情,放羊是个技术活儿,雇人放羊每个月至少得出三千块钱;北瓜老汉也知道放羊是个辛苦活儿,上山下山,风雨雷电,饥一顿饱一顿,累得腿疼腰酸;北瓜老汉还知道自己已经52岁,再也不是能够冲锋陷阵的当年了!

可是孩子们等着用钱呢,过了这个村就没这个店儿了。

北瓜老汉很高兴、很痛快地说:"兄弟,我愿意给你放羊,你就扣我的工钱!"

村主任让北瓜老汉坐下,又递给他一支香烟。村主任很和蔼、很亲切地

说:"大哥,我还有一个想法。我想把我闺女小巧嫁给你家儿子,咱俩成为亲家,他俩成为夫妻,这样花好月圆,两全其美!"

北瓜老汉浑身打了一战!他不想和村主任结亲,尽管他有钱有势。

北瓜老汉赶紧推托:"兄弟,孩子们还小,还不到谈婚论嫁的时候。"

村主任说:"咱先给孩子把婚订下,等以后……"

北瓜老汉说:"使不得使不得。我儿子上了大学,先得好好学习。"

村主任说:"那他也得成家呀,我们等着还不行?"

北瓜老汉说:"等不得等不得。你想呀,大学里边女孩子们多哩。"

村主任不高兴了,把桌子一拍:"北瓜,你看不起我们?"

北瓜老汉说:"不敢不敢,我说的是实情!"

北瓜老汉放下那支烟,马上从村主任家里走出来,一边走一边落泪:钱是借不出来了,还得让两个孩子抓阄儿去;他们不抓也得抓,他们必须分出个上下高低!

北瓜老汉不知道,这时候他的家里已经来人了。他们想了解一下,老汉要同时供两个孩子上大学,有什么具体困难和问题。

他们是县政府的干部,县长派下来的。

美丽妮妮的窗台

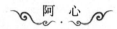

阿 · 心

　　吉卜赛小伙阿提拉每次到这幢楼下演奏时,总是不由得向四楼那个开满红花的窗台望去,火一样红的花儿是那么强烈地吸引着他,更重要的是,每当阿提拉的流浪艺人乐队演奏时,花丛中必然露出会一张女人的脸庞,那是老妇人美丽妮妮,然后是她的伙伴——小狗米西。

　　每当演奏完一支曲子,阿提拉总是摘下帽子——那种美国西部牛仔式的宽边礼帽,向从窗外露出的各种脸盘儿鞠个躬,然后将礼帽很潇洒地翻过来,期待着人们赐给些硬币。尽管刚才还是一副副陶醉的神情,往往这时,许多脑袋便迅速地缩了回去,只听见啪啪地关窗户声。唯独美丽妮妮,会一如既往地微笑着投下几枚硬币,而且每次都准确地投进阿提拉的礼帽里,从不落空。

　　于是,阿提拉记住了这位慈祥的老妇人——美丽妮妮。美丽是她的名字,妮妮是匈牙利语老太太、大娘、阿姨的意思。有时,美丽妮妮听完演奏,会走下楼来,拿出自己做的点心请阿提拉和他的伙伴们品尝,小伙子们高兴得连声感谢。美丽妮妮说,应该说谢谢的是我。孩子们,你们不知道,一听到这优美的音乐,我好像回到了年轻的时候,心里就像开花一样。

　　原来,她的丈夫去世多年,儿子在德国,家里只剩下她和小狗米西相依

为命。阿提拉说自己是个孤儿，美丽妮妮的眼圈儿湿了，噢，可怜的孩子！

也许是默契，无论何时，只要阿提拉的乐队到来，美丽妮妮总是及时地出现在盛开着红花的窗台。在阿提拉看来，她的笑脸比花儿还灿烂。

但是，阿提拉的心情沉重起来，因为一连几天他都没有看到那张亲切的脸了——美丽妮妮的窗台空了，花儿也枯萎了。

有一天，阿提拉看见了楼房前悬挂的黑旗（匈牙利习俗，公寓楼内凡是有人去世，都会悬挂黑旗，以示哀思），心中有种不祥之兆，莫非是美丽妮妮……

阿提拉的一个伙伴发现了楼门上的讣告，一种画着墓碑和烛光的告示，上面的名字果然是美丽妮妮。阿提拉很难过，就像失去了自己的亲人。从今往后，再也看不到亲爱的美丽妮妮了。突然，脚下有种毛茸茸的感觉，原来是小狗米西。阿提拉把米西轻轻地抱进怀里，再也没有松开手。从此，阿提拉的乐队多了一个叫米西的伙伴。

万圣节那天，阿提拉和他的伙伴们像其他匈牙利人一样，给亲人扫墓。小狗米西带着阿提拉来到美丽妮妮的墓前。米西认得路，给美丽妮妮送葬时，它曾随人群来过这里。米西依偎在墓旁，阿提拉吹起了长笛。笛声忧伤凄凉，飘得很远。他相信，美丽妮妮在天堂里一定能听见他的笛声。天色渐暗，阿提拉仰望苍穹，仿佛看见了美丽妮妮来自天堂的微笑，那是一种永恒的微笑。

红红的日子

宗　晴

除夕夜,张婶忙晕了头,守岁过了零点,已毫无睡意,便忙着做汤圆馅子。这活儿费事,需将黑芝麻和花生粒捣碎,倒进滚热的油锅里,加上白糖,火候恰到好处后,再舀出来盛在碗里冷却凝固。然后开始包汤圆,把糯米面揉黏,捏一个洞,将馅子灌进去,搓成乒乓球一般大小均匀的汤圆,整齐地排放在簸箕里。做完这一切,远处不知谁燃响了第一挂鞭炮。张婶便把自家的鞭炮抱到院坝,一圈圈拆开,点燃后迅速闪开几步,双手捂住耳朵。密集的鞭炮瞬间炸开,一气呵成,一颗不留地化为垃圾后,张婶满意地回转身,钻进厨房。

一个个汤圆在滚水锅里陆续浮上来,张婶从窗口往外观望,见天色放亮了,才对隔壁房间喊道:"贵川,快起来,吃汤圆了。"

贵川是张婶十二岁的儿子,昨晚也睡晚了,这阵还没睡醒,磨磨蹭蹭钻出来,眼眶里红红的,要哭没哭的样子。张婶说:"大年初一得有个好的形象,打起精神来! 腰鼓队很快就到了。"

"妈,你真的要去参加演出?"贵川嘟着嘴问。

"当然要去,答应了的事怎好反悔? 何况是我邀请大家来的。临时调整人员会乱了套路。"张婶说。

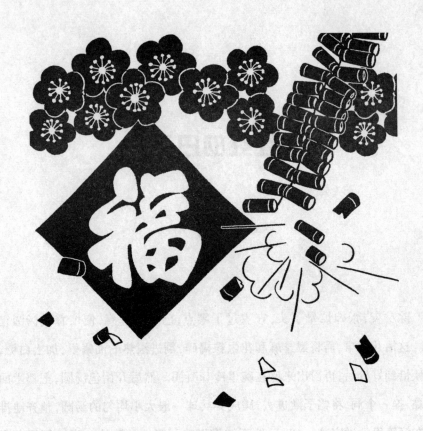

"可是爸……"贵川揉揉眼,又想哭。

"好了好了。"张婶说,"新年的头一天,喜庆呢。你都是大孩子了,该懂事了。今天就在家里守着,妈演出完就回来。"

两碗热气腾腾的汤圆端上桌,贵川握住筷子呆愣着,没胃口。张婶也没胃口,勉强喝了几口汤。

很快腰鼓队来了,穿着统一的戏剧服装,脸上涂抹了油彩,个个容光焕发,精神抖擞。张婶也换好了衣服,喜气洋洋地奔出门,对大家深深一揖,哈哈笑着说:"新年快乐!给你们拜年了。"

互相客套一番,张婶说:"我们开始吧,还要走这么多地方呢。"

这是一个古老的四合院,有十多户人居住,院坝青石铺就,又大又宽,完好无损。以前院里逢人做喜事,可摆上百桌酒席,热闹非凡。

年前,张婶向腰鼓队的队员们提议:趁春节期间回乡的人多,大年初一这天,腰鼓队要走村串社,给村民们拜年,送欢乐,送吉祥,送祝福。张婶的嗓子好,活泼,大家都推选她为领队。

张婶毫不拘束,单独出列,手握铜镲,用力地打。在她的引领下,众队员咚咚地敲响腰鼓,井然有序地朝每户村民的大门走去。随着扩音器里的音乐节奏,张婶领唱《红红的日子》:"红红的年糕红红的枣,红红的灯笼红红的福字倒……"

歌声悠扬,鼓乐喧天,汇集成流,在院坝的上空飘荡、弥漫,向很远的地方传播,将喜庆的气氛推向高潮。老人们笑得合不拢嘴,竖起大拇指夸赞。小孩们拍着小手,围在腰鼓队四周绕圈圈,嘻嘻哈哈地跑个不停。许多村民端茶送水,把家里的炒花生和瓜子,还有糖果捧出来,依次往腰鼓队员的腰包里塞。队员们推推搡搡不要,村民们就说:"大新年的不能拒绝,否则就淡了我们的心意。"

张婶连忙解释:"不是这样的,我们还要走很多地方,全部都送,哪里收得下?"见村民们还要坚持,张婶就对队友们说:"随便意思意思吧。"

有人问张婶:"昨晚守岁,你家的鞭炮燃放最早,之后就关门睡觉了,是为今天的演出做充分准备吗?"

"啊?"张婶猛一愣,但很快反应过来,微笑着点头,"就是,就是"。

有人提醒张婶:"这么热闹的场面,把你家老张扶上轮椅推出来吧,一来晒晒太阳,二来沾沾喜气,心情舒畅。"

张婶说:"我们老张病了,喜欢清净,让他静养更好。"说完,领着腰鼓队走出院坝,向另一个院落走去。

一些村民原计划邀约聚在一起玩牌,听说腰鼓队的消息,便打消念头,等着前去迎接。腰鼓队所到之处,迎来阵阵喝彩和热烈的掌声。也有人要给腰鼓队送红包,队员们哪里肯收,齐声说:"我们不是为了钱,是为了大家新年过得充实愉快。"

145

挨家挨户走完村里所有的院落,已是午后两点。队员们虽累得筋疲力尽,却很开心。张婶更是大汗淋漓,气喘吁吁地说:"辛苦大家了,都回去休息吧,好好过年。"

风急火燎地赶回家,张婶来不及卸妆,直奔堂屋左侧的阴暗角落。她的老公静静地躺在门板上,身体早已僵硬如冰。儿子贵川坐了一条矮木凳,寸步不离地守候在爸爸身边。由于时间较长,他把头埋在双膝间欲睡未睡,身子一摇一晃,但强烈的意识支撑他始终没有倒下去。

张婶鼻子一酸,哽咽道:"老张……"

贵川猛一激灵,回过头,一对血红的眼睛像要喷出火来!

老张是贵川出生的第二年瘫痪的。之后又患了多种疾病,昨晚他灯油耗尽,没能拖过零点,把生命永远交给了去年的除夕夜。

张婶没有惊动院邻,和贵川悄悄把男人停放在屋角,没人知道老张去世。

门板下的地灯一闪一闪地跳跃,多亏贵川心细,没忘添清油,保证爸爸前行的路上灯火通明。

张婶一把将儿子搂进怀里,泪水在眼眶里打转儿:"儿啊,不要怪妈绝情。你知道吗?我们这里的风俗,死者走在除夕夜,来不及安葬的话,就不声张了,跟没事人一样,不能冲淡了新年的喜庆。怪你爸太软弱!我们已经尽力了,今后的日子还长,要振作精神……"

贵川嗷嗷痛哭,泪如泉涌。

张婶替他抹去眼泪,高亢的嗓门儿亮了起来:"红红的腰鼓咚了嘟当敲,锣声掀起红红的潮……"

被面儿

宗　晴

如果不是临时抱佛脚,也没人会想到秦二娘。

金老师死了,在禁办丧事期间,他的三个闺女一点儿也不懂,面临许多不成文的规矩。如今上年龄又有见识的人真不多。

秦二娘单家独户住在村头的皂角院子。她中年丧夫,始终没再嫁,含辛茹苦地将子女们拉扯大。孩子们成家立业后,秦二娘已过花甲之年,两鬓斑白,略显苍老了!

在村人眼里,总有那么一种说不清道不明的复杂心理,仿佛秦二娘低人一等似的。不过秦二娘并不在乎,她不主动与人接触,平时乡里乡邻有事忙不过来,请她帮忙,她也乐于效劳。

与秦二娘相反,金老师一家颇让人另眼相看。金老师是中学教师,是村里公认最有文化的人。膝下仨千金,个个出落得水灵灵的,俱受过高等教育,且都找到了好的归宿,嫁到了大城市里,有车有房有地位。不受人仰慕才怪!金老师退休后,喜欢宁静的生活,仍住在乡下老宅。平素,只要他愿意,大女儿那里去住几天,二女儿那里去耍几日,幺女儿那里去避暑一个月……来去自如,随心所欲,无拘无束。村人们都说:"要说幸福,非金老师莫属。"可是现在他突然死了!

主家托人将秦二娘请来，闺女们恭恭敬敬地说："我们什么都不懂，二娘您帮忙料理一下吧，拜托了！"

秦二娘客气："其实我也啥都不懂，只是见别人做过一些。"

闺女们又说："是呀是呀，二娘您过的桥比我们走的路还多呢，就别谦虚了。"

请者为贵，客套一番后，秦二娘开始忙正事。秦二娘说："铺棺和入棺还在后面，我先哭一段孝歌吧。以前专门有人哭，我哭不好，凑合一下，你们别见笑。"

秦二娘就提了根矮木凳，靠近冻住金老师遗体的冰棺，掏出手绢捂住双眼，洪亮的嗓音响起来："哭声——爹呀，你走得——好忙啊！哭声——父呀，养儿育女——好辛苦啊！……"

哭声凄厉，悲痛。渐渐地，秦二娘的嗓音越来越小，到后来变成了轻轻啜泣。明眼人一看，咋了？秦二娘这次不是逢场作戏，是真真流了眼泪的！

金老师的三个闺女，一字儿排开，披麻戴孝跪在父亲遗体前，一边烧冥纸，一边嘤嘤嗡嗡地哭。旁人见了，也跟着落泪。

便有人劝，说些"人死不能复生，节哀顺变"之类的安慰话，争着去搀扶三个闺女。不过三个闺女不愿起来，央求道："二娘，您就接着替我们哭吧。"

于是秦二娘继续，哭四季花儿，哭十二殿……哭得个昏天黑地，满屋子都笼罩在悲伤的氛围中。

有人说："平时没见过秦二娘哭孝歌，想不到她居然哭得这么伤心动容。"

有人答："人家可是经过许多波折的。"

秦二娘的孝歌告一段落时，金老师的女儿们各自掏出钱来，硬往秦二娘手里塞。秦二娘坚决不要，说："我不是专业哭丧的，收钱我就不会来。"弄得金老师的女儿们不好意思起来。她们不明白，眼前这个女人，以前经常接受她们母亲不穿的旧衣物，此时为啥要拒绝应得的报酬呢？

连续两天，秦二娘都耗在金老师家，其他的事情都不用管，煮饭、挖墓之类的有专人负责。她的主要任务是安排丧事中的一些程序，除此之外就是哭孝歌，直到夜深人静，仿佛死者是她自己的亲人一样。

到最后一晚，凌晨时分，离金老师出殡只有几小时了，秦二娘的双眼已经红肿得像一对桃子，声音也有些沙哑了，这时候也最忙。

该铺棺了。金老师的三个女儿遵从秦二娘的吩咐，用细小的柏树枝，从棺材里窄小的一端，向上面宽大的一端慢慢地铺。她们很虔诚，也很仔细，不在乎多费一点儿时间，一面铺一面念叨。大姐说："爹也是，我那里怎么不好？留他多要几天，他偏偏不听，非要往乡下钻！"

二姐说："就是呀，城里进医院方便，像他这种突发性脑溢血，如果抢救及时，多半把握能活过来。"

幺妹回头望了一眼，做了个手势："嘘！你们都小声点儿行不？"随后，她压低声音说："你们打听到没有，爹到底是想和哪个女人结婚？都七十多岁的人了，还想精想怪的！"

大姐和二姐同时摇头："这个女人到底是谁，我们也不清楚，还没来得及问呢！他只说要找个老伴儿，和我们商量一下，我们就马上反对……"

"生哪门子气呢？算了，别说了。别人听见了多不好！"

柏树枝摆设好后，三个闺女又用白布一层层地铺平整。秦二娘说了，铺得越多越暖和。一切妥当，就入棺了。在激烈的鞭炮声中，金老师的女儿、女婿、外孙、外孙女们，一同将金老师的遗体从冰棺中抬出，放入铺好的木棺材里。然后，大家各自把穿过的衣服剪一小块，用针线穿在一起，放在金老师的心口——他们都是他的心肝宝贝呢！

做这一切的时候，大家格外小心。忽然，大姐惊叫一声："快看，那是什么？"

二姐、幺妹一齐把头凑过去，异口同声地喊道："被面儿！"

真的是一幅被面儿，四四方方的一幅，巴掌般大小，压在金老师被子下

面的胸口处。乡下人有种说法,夫妻间其中一人先过世,活着的人在其入棺时就得剪一幅被面儿盖在死者身上,表示阴阳有别,分铺的意思。

但是金老师的老伴儿三年前就过世了啊!

是谁放的呢? 这几天来往的人多,谁接近过爹的身体? 闺女们愣住了。

问问秦二娘吧,或许她知道。

三人喊了数声,四处寻找,可是,哪里还有秦二娘的身影!